AF202436

Tucholsky Wagner Zola Scott Sydow Freud Schlegel
Turgenev Wallace Fonatne
Twain Walther von der Vogelweide Fouqué Friedrich II. von Preußen
Weber Freiligrath Frey
Fechner Fichte Weiße Rose von Fallersleben Kant Ernst Richthofen Frommel
Engels Fielding Hölderlin
Fehrs Faber Flaubert Eichendorff Tacitus Dumas
Maximilian I. von Habsburg Fock Eliasberg Ebner Eschenbach
Feuerbach Ewald Eliot Zweig Vergil
Goethe London
Mendelssohn Balzac Shakespeare Elisabeth von Österreich
Trackl Lichtenberg Rathenau Dostojewski Ganghofer
Mommsen Stevenson Tolstoi Hambruch Doyle Gjellerup
Thoma von Arnim Lenz Hanrieder Droste-Hülshoff
Dach Verne Hägele Hauff Humboldt
Reuter Rousseau Hagen Hauptmann Gautier
Karrillon Garschin
Damaschke Defoe Hebbel Baudelaire
Descartes Hegel Kussmaul Herder
Wolfram von Eschenbach Dickens Schopenhauer Rilke George
Darwin Melville Grimm Jerome
Bronner Campe Horváth Aristoteles Bebel Proust
Bismarck Vigny Barlach Voltaire Federer Herodot
Gengenbach Heine
Storm Casanova Lessing Tersteegen Grillparzer Georgy
Chamberlain Langbein Gilm
Brentano Claudius Schiller Lafontaine Gryphius
Strachwitz Kralik Iffland Sokrates
Katharina II. von Rußland Bellamy Schilling
Gerstäcker Raabe Gibbon Tschechow
Löns Hesse Hoffmann Gogol Wilde Vulpius
Luther Heym Hofmannsthal Klee Hölty Morgenstern Gleim
Roth Heyse Klopstock Puschkin Homer Kleist Goedicke
Luxemburg La Roche Horaz Mörike Musil
Machiavelli Kierkegaard Kraft Kraus
Navarra Aurel Musset Lamprecht Kind Kirchhoff Hugo Moltke
Nestroy Marie de France Laotse Ipsen Liebknecht
Nietzsche Nansen Ringelnatz
Marx Lassalle Gorki Klett
von Ossietzky May vom Stein Lawrence Leibniz Irving
Petalozzi Platon Pückler Knigge
Sachs Poe Michelangelo Kock Kafka
de Sade Praetorius Liebermann Korolenko
Mistral Zetkin

Der Verlag tradition aus Hamburg veröffentlicht in der Reihe **TREDITION CLASSICS** Werke aus mehr als zwei Jahrtausenden. Diese waren zu einem Großteil vergriffen oder nur noch antiquarisch erhältlich.

Symbolfigur für **TREDITION CLASSICS** ist Johannes Gutenberg (1400 — 1468), der Erfinder des Buchdrucks mit Metalllettern und der Druckerpresse.

Mit der Buchreihe **TREDITION CLASSICS** verfolgt tradition das Ziel, tausende Klassiker der Weltliteratur verschiedener Sprachen wieder als gedruckte Bücher aufzulegen – und das weltweit!

Die Buchreihe dient zur Bewahrung der Literatur und Förderung der Kultur. Sie trägt so dazu bei, dass viele tausend Werke nicht in Vergessenheit geraten.

Die Encantadas

Herman Melville

Impressum

Autor: Herman Melville
Umschlagkonzept: toepferschumann, Berlin

Verlag: tredition GmbH, Hamburg
ISBN: 978-3-8424-7008-8
Printed in Germany

Text der Originalausgabe

Herman Melville

Die Encantadas
oder
Die Verzauberten Inseln

Erste Skizze

Die Inseln. Aufs Große Gesehen

– Das darf nicht sein, hub da der Fährmann an,
Sonst ist es unversehns um uns geschehn;
Denn jene Inseln auf dem Meeresplan
Sind schwankes Land, sie fließen und zergehn
Und treiben trughaft auf endlosen Seen.
Wandernde Inseln sind sie drum genannt,
Und wie genarrt von hinterlistigen Feen
Hat mancher Arme sie zu spät erkannt
Und tief in Not und Elend sich verrannt.
Wer nämlich einmal seinen Fuß gesetzt
Auf jenen Strand, der geht nicht sicher mehr
Und wandert selber schwank und wirr einher.

Dunkel und Öde: nimmersatte Gruft,
Die immer neu nach Aas und Leichen ruft.
Die Eule hat allhier ihr Wohngebiet
Und stößt ihr ekles Kreischen in die Luft,
Indes Singvogel diese Stätte flieht
Und Geisterklage hohl die Luft durchzieht.

Man nehme fünfundzwanzig Haufen Kohlenschlacke, draußen
vor der Stadt auf einem Grundstück wahllos ausgekippt. Man stelle
sich dann vor, einige von den Haufen wären zu Bergen vergrößert,
und was vom Grundstück frei geblieben ist, das bedecke die See –
dann hat man eine geeignete Vorstellung vom allgemeinen Eindruck der Encantadas, der Verzauberten Inseln. Eine Gruppe eher
von erloschenen Vulkanen als von Inseln, dem Aussehen vergleichbar, das die Welt im ganzen bieten würde, wenn ein feurig Strafge-
richt vom Himmel gefallen wäre.

Füglich zu bezweifeln, ob ein zweiter Fleck auf Erden, was trostlose Verlassenheit betrifft, mit dieser Gruppe wetteifern kann. Auf-
gelassene Friedhöfe aus alter Zeit, alte Städte, die mählich verfallen
– ja, das sind wahrlich traurige Bilder. Immerhin: wie jedes Ding,
das dermaleinst mit der Menschheit zu tun gehabt, erwecken sie in
uns Gedanken der Sympathie, seien sie noch so trauervoll. So ruft
selbst das Tote Meer, was für Empfindungen es sonst auch wecken

mag, beim Pilger doch unwillkürlich Gefühle wach, die er nicht unbedingt als unangenehm empfindet.

Und was die Verlassenheit angeht: die großen Wälder des Nordens, die unbefahrenen Wasserflächen, die Gletscherfelder in Grönland – das sind wohl die tiefsten Einsamkeiten, die der Mensch erleben kann. Aber der Zauber des Wandelbaren, der Gezeiten und Jahreszeiten, mildert ihre Schrecken; denn mag auch kein Mensch zu ihnen kommen, so besucht die Wälder doch der Mai, im weltenfernen Meer spiegeln sich vertraute Sterne, nicht anders als im Erie-See, und in der klaren Luft eines schönen Tages am Polarkreis blinkt das lichtverzauberte azurene Eis schön wie Malachit.

Den besonderen Fluch der Encantadas, wenn man es so nennen darf, und das, was sie an Verlassenheit über Edom und den Pol noch hinaushebt, macht eben dies aus: daß nie der Wechsel zu ihnen kommt, nicht der Wechsel der Jahreszeiten und nicht der Wechsel der Sorgen. Vom Äquator durchschnitten kennen sie weder Herbst noch Frühling, und da sie schon zerglüht sind wie die letzte Hefe des Feuers, wirkt auch der Verfall nicht mehr groß auf sie ein. Die Wüste erfrischt der Regen; aber auf diesen Inseln regnet es nie. Wie geborstene syrische Kürbisse, die man in der Sonne welken läßt, sind sie sprüngig geworden von einer immerwährenden Dürre unter sengendem Himmel. »Erbarme dich mein«, scheint der klagende Geist der Encantadas zu schreien, »und sende Lazarus, daß er das Äußerste seines Fingers ins Wasser tauche und kühle meine Zunge, denn ich leide Pein in dieser Flamme.«

Eine weitere Besonderheit der Inseln ist ihre in die Augen springende Unbewohnbarkeit. Man empfindet es als hinlänglichen Ausdruck hoffnungsloser Zerstörung, daß in den Schlüften des vom Unkraut überwucherten Babylon der Schakal haust; aber die Encantadas dulden nicht einmal den Abhub des Tierreichs. Mensch und Wolf haben hier gleichermaßen verzichtet. Kaum mehr als Reptilienleben findest du: Schildkröten, Eidechsen, riesige Spinnen, Schlangen und die seltsamste Widersinnigkeit der fremdländischen Natur, den Aguano. Keine Stimme, kein Blöken, kein Heulen vernimmt man; der vordringlichste Lebenslaut hier ist das Zischen.

Auf den meisten Inseln, wo überhaupt Pflanzenwuchs gedeiht, ist er undankbarer als in der Ödnis von Aracama. Wirres Dickicht von zähen Ruten, ohne Frucht und namenlos, schießt empor zwischen tiefen Spalten im verkrusteten Fels und tarnt sie arglistig. Vielleicht auch ein hitzedürrer Bestand mißwachsener Kaktusbäume.

An vielen Stellen ist die Küste felsumlagert oder sagen wir besser schotterumlagert. Ineinander verquollene Massen schwärzlichen oder grünlichen Zeugs, der Schlacke aus dem Hochofen ähnlich, bilden bisweilen dunkle Klüfte und Höhlen, in die das Meer unruhvoll Gischtgewitter entlädt. Die hängen darüber als ein wogender grau-niesliger Nebel, und kreischende Schwärme unheimlicher Vögel flattern dazwischen und verstärken den schändlichen Lärm. Mag die See draußen noch so ruhig sein, für die Dünung und das Felsgestein hier am Strand gibt es keine Ruhe. Sie peitschen und werden gepeitscht, auch wenn draußen der Ozean mit sich in vollem Frieden liegt. An den drückenden Wolkentagen vollends, wie sie in jener Gegend des wasserreichen Äquators häufig sind, bieten die dunklen, glasig verbackenen Gesteinsmassen, da und dort in weißen Strudeln und Brechern gefährlich aus dem Wasser ragend, einen durchaus unterweltlichen Anblick. Nur in einer ins Bodenlose gestürzten Welt könnte es solche Landschaft geben. Wo der Strand nicht vom Feuer wie ausgebrannt scheint, breitet er sich in weitem, flachem Geröll mit zahllosen leeren Muschelschalen, dazwischen dann und wann vermodertes Zuckerrohr, Bambus auch und verfaulte Kokosnüsse, angeschwemmt ans Gestade einer dunkleren Welt von den lieblichen Palmeninseln im Westen und Süden, aus dem Paradies geradewegs in den Tartarus – und mittendrin unter den Überresten ferner Schönheit findest du wohl auch einmal ein Stück verkohltes Holz und faulende Rippen eines gestrandeten Schiffs. Das wird keinen erstaunen, wenn er sich erst die gegeneinander anstürmenden Strömungen betrachtet hat, wie sie in der ganzen Inselgruppe fast jede der weiten Durchfahrten mit Strudeln und Wirbeln sperren. Und in der Luft gehen Gezeiten um, nicht weniger willkürlich als in der See. Nirgends ist der Wind so leicht, so unstet, so unverläßlich durch und durch, so häufig von lästigen Flauten unterbrochen wie auf den Encantadas. Schier einen Monat hat es oft schon gedauert, bis ein Schiff von einer Insel zur anderen kam, obwohl nur neunzig Meilen dazwischen lagen. Die Gewalt der Strömung ist dabei so groß, daß die als Schlepper arbeitenden Boote eben hinreichen, das Schiff vom Stranden zu bewahren, zu einer

Beschleunigung der Fahrt aber nichts beitragen können. Es kommt auch vor, daß ein Schiff von draußen die Gruppe schlechterdings nicht ansteuern kann, wenn nicht schon, bevor sie überhaupt nur in Sicht kommt, reichlich die später zu erwartende Abtrift mit in Rechnung gestellt wird. Dafür gibt es in anderen Fällen eine geheimnisvolle nach innen ziehende Strömung, so daß manchmal ein vorübersegelndes Schiff, das gar nicht nach den Inseln möchte, unwiderstehlich herangezogen wird.

Es ist richtig: zu früherer Zeit (und bis zu einem gewissen Grad ist es heute noch so) haben große Flotten von Walfängern über dem von den Seeleuten so genannten Verzauberten Grund nach Spermazeti gefischt. Das spielte sich aber, wie später noch zu zeigen sein wird, auf der Höhe der weit außen gelegenen großen Insel Albemarle ab und nicht in dem Wirrsal der kleineren Inseln. Dort außen gibt es reichlich Platz und freie Fahrt, und deshalb gilt dort das bisher Gesagte nur in bedingtem Ausmaß. Freilich entwickelt auch dort die Strömung mitunter eine eigentümliche Kraft und wechselt auch auf seltsam willkürliche Weise.

So kommt es zu gewissen Zeiten tatsächlich vor, daß völlig unerklärliche Strömungen auf einen weiten Umkreis um die gesamte Inselgruppe bestimmend werden, und zwar sind sie mitunter so stark und unregelmäßig, daß ein Schiff, das vielleicht vier oder fünf Meilen Fahrt macht, trotzdem von dem eingehaltenen Kurs abgebracht wird. Aus diesem Grunde haben sich in die nautischen Berechnungen der Seefahrer allerlei Ungenauigkeiten eingeschlichen, und da überdies die schwachen und unsteten Winde dazukamen, hat sich ziemlich lang die Ansicht erhalten, es gebe zwei voneinander unterschiedene Inselgruppen auf dem Breitengrad der Encantadas, in einer Entfernung von etwa einhundert Seemeilen. Die früheren Besucher der Inseln, die Seeräuber, hegten diesen Glauben, und noch um 1750 tragen die Karten aus jener Gegend des Pazifik dem seltsamen Irrtum Rechnung. Der Anschein der Unbestimmtheit und Unwirklichkeit, was die Lage der Inseln betrifft, hat denn wohl auch mit dazu beigetragen, daß die Spanier sie als die »Encantada«, die Verzauberte Gruppe, bezeichneten.

Der Reisende von heute wird unter dem Eindruck ihrer Beschaffenheit, so wie sie nun unbestritten existieren, eher zu der Auffassung neigen, daß man ihnen wohl auch deshalb den Namen gegeben hat, weil Merkmale des Verhexten, Unbewohnbaren die ganze Gruppe so deutlich kennzeichnen. Nirgends empfängt man deutlicher den Eindruck des einstmals Lebensvollen, das sündhaft aus der Fülle in die Dürre zerkrümelt ist. Sodomsäpfel, wenn man sie berührt hat – so scheinen diese Inseln.

Mögen auch die Strömungen ihre Lage von außen unbestimmt erscheinen lassen, vom Gestade aus gesehen wirken die Inseln ganz unwandelbar und unveränderlich: in eine leichenhafte Todesgestalt gebannt, gegossen, geprägt.

Noch in einem weiteren Sinn, muß man sagen, ist die Bezeichnung »Verzaubert« nicht übel angebracht. Im Hinblick auf das eigentümlichste Kriechtier, das die sonst so wilde Gegend bewohnt – und das der Gruppe deshalb auch ihren zweiten spanischen Namen, Galapagos, gegeben hat – im Hinblick auf die dort häufig anzutreffenden Schildkröten hat sich bei den meisten Seeleuten ein Aberglaube eingebürgert, den man ebensowohl schauderhaft wie groteskkomisch finden kann. Sie glauben nämlich allen Ernstes, daß die gottlosen Seeoffiziere, und insbesondere die Kommodoren und Kapitäne, bei ihrem Tod (und manchmal auch schon vor ihrem Tod) in Schildkröten verwandelt werden und hinfort jene heißen Sanddürren bevölkern, einsame Alleinherrscher in einem Asphaltreich.

Kein Zweifel, ein Einfall, wunderlich und schmerzhaft wie dieser, ist ursprünglich der leiderfüllten Landschaft selber entsprungen. Doch haben ihn im einzelnen wohl die Schildkröten durch ihren Anblick entstehen lassen. Abgesehen von ihrer äußeren Erscheinung im engeren Sinn haben sie auch etwas seltsam Verdammtes, aus eigenem Entschluß Verstoßenes in ihrem kreatürlichen Ausdruck. Ewiger Kummer, hoffnungslose Verdammnis drücken sich in keiner Tiergestalt so zwingend aus wie in der ihren, und der Gedanke an ihre wunderbare Langlebigkeit paßt nur zu gut in dieses Bild.

Es wird mir den verdienten Vorwurf eintragen, daß ich in einer ganz dummen Weise an Zaubergeschichten glaube, aber ich kann das Geständnis nicht unterdrücken: noch jetzt, wenn ich die Menschenfülle der Stadt verlasse und mich im Juli und August in den Adirondacks sattwandere, ganz losgelöst vom Städtischen und umso näher den heimlichen Zaubern der Landschaft – wenn ich mich auf einer solchen Wanderung niederlasse auf der moosigen Höhe einer baumverwachsenen Schlucht, unter dürren, gestürzten Föhrenstämmen, und mir wie im Traum meine alten, langvergangenen Wanderfahrten im glutversengten Inneren der Verzauberten Inseln überlege; wenn mir da jählings die dunklen Panzerschalen vor Augen treten und die langen, müden Hälse, die sich vorrecken aus dem blattlosen Gestrüpp; wenn ich die glasiggebrannten Felstrümmer vor mir sehe, zerrieben und tief ausgefurcht vom jahrhundertelangen Hinundhergewälztwerden durch die Schildkröten, die sich kümmerliche Wasserpfützchen suchen – dann kann ich mich des Gefühls kaum erwehren, daß auch ich zu meiner Zeit einmal auf bösem, verhextem Land geschlafen habe.

Ja, so lebendig ist die Erinnerung in mir oder soll ich sagen die verzaubernde Wirkung meiner Phantasie, daß ich nicht recht weiß, ob ich nicht vielleicht manchmal im Gedanken an die Galapagos einer optischen Täuschung unterliege. In gesellschaftlich heiterer Umgebung und am meisten bei Festlichkeiten unter Kerzenschimmer in altmodischen Herrenhäusern, wo die Schatten tief in die Winkel eines rechteckig gebauten, geräumigen Saals fallen und die Illusion eines spukhaft durchwachsenen Waldesdickichts erwecken, ist es mir oft widerfahren, daß meine Festgenossen über meinen starren Blick und meine plötzlich veränderte Miene stutzig geworden sind, weil mir jählings war, als sähe ich es langsam aus den Einsamkeiten meiner Traumwelt hervortauchen und schwerfällig über den Fußboden kriechen: das Geisterbild einer Riesenschildkröte mit der Flammenschrift » *Memento*« breit auf ihrem Rücken.

Zweite Skizze

Zwei Seiten einer Schildkröte

Widrig dem Blick und gräßlich ungeschlacht,
Daß Frau Natur sich selbst davor entsetzt,
Beschämt, weil sie derlei hervorgebracht,
Die sonst als Schöpferin so hoch ergötzt,
Doch hier mit Zerrgestalt den Blick verletzt.
Wie sehr muß erst ein Menschenaug erschrecken,
Denn was es je Entsetzliches geschaut,
Muß sich wie eitel Kinderspiel verstecken
Vor den Geschöpfen, die dies Land bedecken.

Seid ohne Furcht, der fromme Pilgrim spricht,
Denn was an Ungetier ihr vor euch seht,
Ist Mummenschanz – in Wahrheit lebt es nicht.

Und seinen Zauberstab reckt er empor,
Worauf das Schreckbild sich in Nichts verlor,
Ins Ungeschaffne, Dunkle wie zuvor.

Im Hinblick auf die bisher gegebene Schilderung ist zu fragen:
kann man überhaupt fröhlich sein auf den Encantadas? Ja – das
heißt, es muß einer natürlich zunächst einmal einen Anlaß zur Fröh-
lichkeit haben, dann wird er auch fröhlich sein. Es ist nicht zu leugnen: so sehr die Inseln an Sack und Asche gemahnen, so gibt es
doch auch lichtere Punkte in ihrer Trübsal. Zwar wird sich kein
Betrachter dem Eindruck verschließen, daß einem auf den Encantadas höchst ernsthafte und abergläubische Gedanken in den
Sinn kommen, wie ja auch ich mich durch keinen noch so festen
Entschluß davor bewahren kann, die aus ihrem Schattenversteck
hervorwandelnde, Geisterschildkröte zu erblicken. Nun hat aber
sogar die Schildkröte, so dunkel und melancholisch sie sich in der
Rückenansicht darbietet, ihre helle Seite; ihr Brustschild, das soge-
nannte Calipee, trägt nämlich bisweilen einen schwach gelblichen
oder goldenen Farbton. Wie jedermann weiß, sind die Landschild-
kröten, ganz ebenso wie die Schildkröten aus dem Meer, so gebaut,
daß man sie nur auf den Rücken zu legen braucht, um ihre helle
Seite ans Licht zu kehren, ohne daß sie dann die Möglichkeit hätten,
sich wieder umzudrehen und die andere Seite zur Schau zu stellen.

Nur darf man, wenn man dies getan hat und weil man es getan hat, nicht Stein und Bein schwören, die Schildkröte besitze überhaupt keine dunkle Seite. Man genieße das Helle, man halte es womöglich dauernd nach oben gekehrt, aber man bleibe ehrlich und leugne nicht das Vorhandensein des Schwarzen. Ebenso wenig sollte, wer die Schildkröte nicht aus ihrer natürlichen Haltung umzudrehen versteht, so daß das Dunklere verborgen und das Hellere ans Licht gerückt wird wie bei einem großen Herbstkürbis im Sonnenschein, aus diesem Grunde behaupten, das ganze Geschöpf sei durch und durch schwarz wie Tinte. Die Schildkröte ist schwarz und sie ist hell. Aber wir wollen aufs Tatsächliche zurückkommen.

Einige Monate, bevor ich zum erstenmal auf der Gruppe an Land ging, kreuzte mein Schiff schon einmal in der Nähe. Eines Mittags befanden wir uns am Südende von Albemarle, nicht weit von Land. Teils zum Zeitvertreib, teils auch weil wir gern einmal ein so seltsames Fleckchen Erde auskundschaften wollten, wurde ein Boot an Land gesandt mit dem Auftrag, sich gründlich umzusehen und mit an Bord zu bringen, was sich an Schildkröten nur irgend im Boot transportieren lasse.

Erst nach Sonnenuntergang kamen die Ausgesandten zurück. Ich schaute über die hohe Brustwehr des Schiffs nach unten; es war, als blickte ich über den Rand eines Brunnens, und unten, tief auf dem Meer, sah ich undeutlich das durchnäßte Boot mit einer ungewohnten Last. Man warf Taue aus, und bald landeten, nach vieler Mühe, drei mächtige, vorsintflutlich anmutende Schildkröten an Deck. Sie schienen kaum aus irdischem Geblüt. Seit fünf langen Monaten waren wir ununterbrochen auf dem Wasser – eine Zeit, lang genug, um für unser träumerisches Auge alles vom Lande Kommende mit einem fabelhaften Schimmer zu umkleiden. Wären in diesem Augenblick drei spanische Zollbeamte an Bord gekommen, so hätte es leicht geschehen können, daß ich sie neugierig angestarrt, daß ich sie mit meinen Händen gefühlt und gestreichelt hätte, so wie Wilde sich gegen Gäste aus gesitteten Landen benehmen mögen. Aber anstelle von drei Zollbeamten stelle man sich nun diese drei wie aus dem Märchen entsprungenen Schildkröten vor – nicht vergleichbar mit den kleinen Sumpfkröten aus unserer Schuljungenzeit! – schwarz wie Witwer im Trauerstaat, schwer wie Kisten mit Silbergeschirr, mit gewaltigen Panzern, die wie Schilde getrieben und gebuckelt waren und wie schlachterprobte Schilde Einkerbungen und Narben trugen, zottig hier und dort von dunkelgrünem Moosbewuchs und glitschig vom Meeresgischt. In diesem Augenblick ihrer plötzlichen nächtlichen Verpflanzung aus unsagbarer Einsamkeit auf unser menschenwimmelndes Deck bewegten mich die rätselhaften Geschöpfe in einer Art, daß ich's kaum recht darzutun vermag. Sie sahen aus, als wären sie erst jüngst unter den Grundfesten der Welt hervorgekrochen, als wären sie buchstäblich die Schildkröten, auf deren Rücken der Hindu das Weltgebäude ruhen läßt. Mit einer Laterne betrachtete ich sie mir genauer. Wirklich: zur Verehrung herausfordernd der Anblick ihrer Gestalten! Pelziges Grün verbarg die Abschürfungen und heilte die Risse in ihren abstrapazierten Panzern. Sie waren für mich keine drei Schildkröten mehr. Sie schwollen an – sie verwandelten sich. Mir war, als sähe ich dreifach das Kolosseum zu Rom vor mir, in der Pracht seines Verfalls.

Ihr ältesten Bewohner dieser Insel, sagte ich (und sicher kennt keine andere Insel ältere), gewähret mir Bürgerrecht in euren dreifach ummauerten Städten!

Das erste Gefühl, das die Tiere einem einflößten, war ein Gefühl des hohen Alters – einer zeitlosen, unendlichen Dauer. Im Ernst: daß noch ein zweites Geschöpf so lang leben und atmen kann wie die Schildkröte von den Encantadas, möchte ich nicht so ohne weiteres glauben. Nicht zu reden von ihrer bekannten Gabe, ein ganzes Jahr lang ohne Nahrung zu bestehen; man braucht nur an die uneinnehmbare Festung ihres lebendigen Panzers zu denken. Gibt es noch ein lebendiges Geschöpf, das eine solche Zitadelle besitzt, worin es sich gegen die Angriffe der Zeit behaupten kann?

Da stand ich mit meiner Laterne in der Hand und scheuerte die moosigen Rücken, bis die alten Narben zum Vorschein kamen – Narben von Verletzungen, die sie gewiß in ihrem Starrsinn erlitten hatten beim Sturz von den Mergelgebirgen der Insel. Es waren seltsam großgewordene, geschwollene und doch wieder halb verwischte Schrammen, verzogen wie die Spuren und Verwachsungen in der Rinde uralter Bäume, und ich kam mir vor wie ein Altertumsforscher unter den Geologen, der die Vogelfährten und Zeichen auf ausgegrabenen Schieferplatten studiert, diese Fußspuren unwahrscheinlicher Geschöpfe, deren fernstes Andenken längst verblich.

Nachts dann lag ich in meiner Hängematte und hörte über mir den langsam-müden Schleppeschritt der drei gewichtigen Fremdlinge auf dem beladenen Deck. Ihre Dummheit oder ihr Eigensinn bewirkte, daß sie niemals einem Hindernis auswichen. Eine hörte ich kurz vor der Mitternachtswache ihren Marsch jählings abbrechen. Als die Sonne aufging, fand ich sie wie einen Sturmbock am Fuß des Fockmasts festgerammt, immer noch im Begriff, sich mit Zähnen und Nägeln den unmöglichen Durchgang zu erzwingen. Daß die Schildkröten wirklich Opfer eines zur Strafe oder aus Bosheit oder aus purer Teufelei über sie ausgesprochenen Zauberbanns seien, wird einem nie so glaubwürdig, wie wenn man sie in der sie oft befallenden Versessenheit auf irgendeine aussichtslose Anstrengung beobachtet. Ich habe erlebt, wie sie sich auf ihren Wanderungen titanisch gegen Felsblöcke anstemmen und lang in dieser Haltung verweilten, stoßend, schiebend, sich zwängend, im Bemühen das Hindernis zu beseitigen und auf ihrem aussichtslosen Kurs zu bleiben. Das Letzte und Äußerste an ihrem Fluch ist ihr in tausend Anstrengungen sich verzettelnder Trieb zum geraden Weg in einer mit Hindernissen vollgehäuften Welt.

Den anderen Schildkröten war keine Sperre in den Weg gekommen wie ihrer Gefährtin, aber sie hatten sich dafür in geringeren Fallstricken verfangen – in Eimern, Blöcken und aufgerolltem Tauwerk – und beim Versuch, darüber hinwegzuklettern, rutschten sie zuweilen mit einem Donnergetöse auf Deck nieder. Ich lauschte ihrem Schleppschritt und ihren Zusammenstößen und entsann mich des Geländes, aus dem sie kamen: der Insel voller metallischer Schluchten und Hohlräume, wo es bodenlos ins Innere zerschieferter Berge hinabging und undurchdringliches Dickicht meilenweit den Boden deckte. Dort stellte ich mir die drei gradausrennenden Ungetüme vor: ein Jahrhundert ums andere bohrten sie sich durchs Dunkel, verbissen wie die Grobschmiede, und zwar so langsam und mit Bedacht, daß unter ihnen Giftpilze und Baumschwamm aufsprießen und auf ihren Rücken schwärzliche Moosgebilde wuchern konnten. Ich verirrte mich mit ihnen in vulkanischem Labyrinth, ich schob endlos Gestrüpp und faulendes Zweigicht beiseite, bis ich mich schließlich im Traum mit gekreuzten Beinen auf dem vordersten der Tiere sitzen sah, rechts und links von mir einen Brahmanen auf ähnlichem Reittier, so daß wir einen Dreifuß mit unseren Stirnen bildeten, darauf das Himmelsgewölbe ruhte.

Solch wilder Albtraum suchte mich heim nach der ersten Begegnung mit den Schildkröten von den Encantadas. Am folgenden Abend indessen, es ist merkwürdig zu sagen, setzte ich mich wohlgemut zu meinen Schiffskameraden und ließ mir Schildkrötensteak und Schildkrötenragout munden, und als die Mahlzeit vorüber, zog ich's Messer und half mit, aus den drei mächtigen, konkaven Panzern drei üppiggebauchte Suppenschüsseln zu schnitzen und aus den drei flachen gelblichen Calipees drei blankpolierte Servierteller.

Dritte Skizze

Der Rodondo-Felsen

Dies aber nennt sich Fels der Kümmernis,
Ein Ort höchst schauder- und gefahrenvoll,
Wohin nicht Fisch noch Vogel jemals stieß,
Wo nur der Höllenschrei der Möwe scholl
Und wo mit Räuberblut, vor Freßgier toll,
Der Kormoran in wüste Fernen späht.

Und immerfort der Widerhall der See,
Von unten her ein Widerklang des Oben,
Wenn hoch hinauf der Brecher Gischt und Schnee
Und tief hinab geheime Wirbel toben.

Zum Bootsmann spricht er: Laß die Ruder still,
Weil ich das ferne Singen hören will.
Und plötzlich großer Vogelzüge Flug,
Gefährlich Flattern rings um sie entfacht,
Das sie mit arger List ins Antlitz schlug,
Indes sie hilflos tappten in der Nacht.

Als wären alle Völker weit und breit
Der Unglücksvögel dicht um sie geschart.

Im Innern eines hohen steinernen Turms in die Höhe steigen, ist
an und für sich schon ein lohnendes Unternehmen; es ist außerdem
die beste Art und Weise, sich von der umliegenden Landschaft ein
zusammenfassendes Bild zu verschaffen. Dabei ist es noch ein Vor-
teil für sich, wenn der Turm einsam und abseits liegt, wie etwa der
geheimnisvolle Turm von Newport, oder wenn er als einziger Über-
rest von einem untergegangenen Schloß übrig geblieben ist.

In Hinsicht auf die Verzauberten Inseln nun sind wir zum Glück
im Besitz eines solchen hervorragenden und bevorzugten Beobach-
tungspunkts, in Gestalt eines merkwürdigen Felsens, der seiner
eigentümlichen Form wegen bei den Spaniern von altersher den
Namen Rodondo-Felsen oder Runder Felsen trägt. An die zwei-
hundertundfünfzig Fuß hoch, zehn Meilen von Land senkrecht aus
dem Meer aufsteigend, mit der ganzen gebirgigen Gruppe südlich
und östlich zu seinen Füßen, nimmt der Rodondo-Felsen in einem

größeren Maßstab etwa die nämliche Stellung ein, die dem berühmten Campanile oder abseits stehenden Glockenturm von San Marco im Verhältnis zu den um ihn herum verstreut stehenden ehrwürdigen Gebäuden zukommt.

Bevor man indessen den Aufstieg wagt, um einen weiten Blick über die Encantadas zu tun, verlangt der Meerturm als solcher einige Aufmerksamkeit. Er ist auf dreißig Meilen Entfernung zu sehen und nimmt durchaus teil an der verwunschenen Stimmung, die auf der ganzen Inselgruppe herrscht, indem er nämlich beim ersten Anblick aus der Ferne regelmäßig für ein Segel gehalten wird. In einem Abstand von vier Seemeilen wird man im goldenen Mittagsdunst denken, es handle sich um ein spanisches Admiralsschiff, das über und über seine blendenden Segel gesetzt hat, an allen drei Masten. Kommt man näher, so verwandelt sich die Zauberfregatte alsbald in ein Felsverlies.

Mein erster Besuch spielte sich bei Morgengrauen ab. Wir wollten fischen und hatten drei Boote klargemacht, waren etwa zwei Meilen weit von unserm Schiff gerudert und fanden uns kurz vor Tagesanbruch unmittelbar unter dem Mondschatten von Rodondo. Der Anblick des Felsens war bei dem seltsamen doppelten Zwielicht der Stunde noch imposanter, freilich auch weicher als sonst. Der breite, volle Mond gloste am westlichen Horizont wie ein halb schon verzehrtes Leuchtfeuer und warf einen milden, weichen Schimmer übers Meer, wie ihn verlöschende Aschenglut über die mitternächtliche Feuerstätte breitet. Am Osthimmel in seiner ganzen Erstreckung vollführte indessen die noch unsichtbare Sonne blasse zuckende Andeutungen ihres Kommens. Der Wind war kaum zu spüren; die See war nur träg bewegt; die Sterne funkelten in mattem Glanz. Die Natur schien ganz in sich zurückgesunken vor langer Nachtwache und doch schon wieder halb eingespannt in eine liderschwere Erwartung der Sonne. Es war gerade die entscheidende Stunde, um Rodondo in der Fülle seiner Stimmungen zu erleben. Im Dämmerschein kam alles zu Gesicht, was sehenswert war, und doch lag das Ungefähr des Wunderbaren ungeschmälert als Schleier darüber.

Über einem geborstenen treppenähnlichen Sockel, den die Wellen wie Stufen eines Wasserschlosses ausgewaschen hatten, erhob sich

der Turm in übereinandergelagertem Getäfel bis zu einem blank-
gewetzten Gipfel. Diese in sich gleichartigen Schichten, aus denen
die Masse des Felsens besteht, bilden seinen auffallendsten Zug. An
den Kanten nämlich, an denen die Schichten ineinander übergehen,
vertieft sich der Fels von unten bis oben zu flachen, schiebfächerar-
tigen Einbuchtungen, die sich in gestufter Reihe übereinander erhe-
ben. Und wie es in den Dachrinnen jeder alten Scheune oder Abtei
von Schwalben schwirrt, so wimmelten diese Felsgesimse von zahl-
losem Meergeflügel. Dachtraufe über Dachtraufe, Nester über Nes-
tern. Da und dort fleckten lange Streifen Vogelkalk in geisterhaftem
Weiß die ganze Höhe des Turms und erklärten nur zu gut, daß der
Fels aus der Entfernung wie ein Segel wirken konnte. Alles wäre
zauberhaft ruhig gewesen, hätten die Vögel nicht einen wahrhaft
teuflischen Lärm vollführt. Nicht nur daß es in den Rinnen wim-
melte, sie flogen auch dicht zu Häupten und breiteten sich zu einem
geflügelten, unablässig seine Form wechselnden Baldachin. Der
Turm ist der Sammelplatz für alle Wasservögel auf viele hundert
Seemeilen in der Runde. Nach Norden, Osten und Westen erstreckt
sich nichts als Meer und immer nur Meer, so daß der von den Küs-
ten Nordamerikas, Polynesiens und Perus kommende Kriegsschiff-
Falke auf Rodondo zum erstenmal an Land kommt. Andererseits:
obwohl Rodondo als Terra-Firma gelten mag, ist noch nie ein Land-
vogel dort abgestiegen. Man stelle sich auch das Rotkehlchen, den
Kanarienvogel dort vor! Es wäre wahrlich wie ein Gerechter unter
den Philistern, wenn der arme Sänger sich plötzlich vom Heuschre-
ckenschwarm der starken Raubvögel umgeben sähe, mit ihren langen Schnäbeln, so grausam wie Dolche!

Ich wüßte nicht, wo man die Naturgeschichte der seltensten Mee-
resvögel besser studieren könnte, als auf Rodondo. Es ist wahrhaftig
das Vogelhaus des Ozeans. Vögel gehen hier nieder, die sonst nie
einen Mast, nie einen Baum berühren; Einsiedlervögel, die stets
allein fliegen; Wolkenvögel, heimisch in unerschlossenen Zonen der
Luft.

Schauen wir zuerst tief nach unten auf das unterste der Fächer,
das auch das breiteste ist und knapp überm Hochwasserstand liegt.
Was sind das für fremdartige Geschöpfe? Aufrecht gehend wie
Menschen, aber bei weitem nicht so ebenmäßig, stehen sie rings um
die Felswand verteilt wie gemeißelte Karyatiden, die nächsthöhere

Reihe von Nischen auf den Schultern. Ihre Leiber sind grotesk in ihrer Mißgestalt, die Schnäbel kurz, die Füße scheinbar ohne Übergang am Körper angesetzt, während die Gliedmaßen an ihrer Seite nicht Flosse, nicht Flügel, nicht Arm heißen dürfen. Es stimmt auch: weder Fisch noch Fleisch noch Geflügel ist der Pinguin; als eßbares Tier weder dem Karneval noch der Fastenzeit zugehörig; ohne Frage das an Zweideutigkeit stärkste, an Lieblichkeit schwächste Geschöpf, das der Mensch je entdeckt hat. Wohl treibt er sich kümmerlich in allen drei Elementen herum und hat rudimentäre Ansprüche an alle; zu Hause aber ist er in keinem. An Land watschelt er, im Wasser zappelt er, in der Luft rudert er hilflos. Als schämte sie sich ihres mißlungenen Wurfs, hält die Natur ihr angeratenes Kind an den Grenzen der Erde verborgen, an der Magalhaesstraße und im tiefsten Untergeschoß auf Rodondo.

Aber schau, was sind das für leidgeprüfte Scharen, die sich im nächsthöheren Fach zusammendrängen? In Reih und Glied angetretene Vögel von großmächtig-wunderlicher Statur? Seemönche vom Grauen Orden? Es sind Pelikane. Die verlängerten Schnäbel mit den daran befestigten schweren ledernen Taschen verleihen ihnen einen höchst wechselhaften Ausdruck. Von nachdenklicher Rasse, stehen sie stundenlang regungslos beieinander. Ihr stumpfes, aschiges Gefieder verleiht ihnen ein Aussehen, als hätte man sie über und über mit Herdasche eingepudert. Wahrhaftig ein Büßervogel, zu dem es gut paßt, daß er das Schottergestade der Encantadas bewohnt, wo sich auch der geplagte Hiob passend ausgenommen und mit Topf Scherben hätte schaben können.

Ein Stockwerk höher gewahren wir den Gony oder grauen Albatros – ziemlich widersinnig so benannt, denn er ist ein unansehnlicher, unpoetischer Vogel, ganz unähnlich seinem vielbesungenen Verwandten, diesem schneeweißen Geist der verwunschenen Vorgebirge von Kap Hoorn und Kap der Guten Hoffnung.

Indem wir weiter von Fach zu Fach aufsteigen, finden wir die Bewohner des Turms denn auch der Reihe nach geordnet, ganz in der Reihenfolge ihrer Größe: – Tölpel, schwarze und scheckige Stummelmöven, Häher, Seehühner, Spermacoetivögel, Seemöwen der erdenklichsten Art – und man kann Throne, Fürstentümer, Mächte, Herrschaften senatorisch übereinander gestaffelt in ihnen erblicken, während über ihnen allen, der immer wiederkehrenden Fliege in einem großen Stickmuster vergleichbar, die Sturmschwalbe, auch Petersvogel geheißen, ihren beständigen schrillen Warnruf ausstößt. Daß auch dieser geheimnisvolle Kolibri des Meeres – den man, besäße er nur die nötige Farbenpracht, wegen seiner kurzlebigen Munterkeit auch beinahe den Schmetterling der See nennen könnte, dessen Gezirp unterm Heck für die Seeleute aber ebenso unheilverkündend ist wie für die Bauern das Getick der Totenuhr hinterm Kamingesims – daß auch dieser Vogel seine Lieblingsheimstatt auf den Encantadas hat, trägt im Gemüt des Seemanns nicht wenig zu der traurigen Verwunschenheit der Inseln bei.

Je weiter der Tag fortschreitet, umso mehr verstärkt sich der mißtönende Lärm. Mit ohrenbetäubenden Schreien begehen die wilden Vögel ihre Morgenmette. Jeden Augenblick schießen neue Schwärme aus dem Turm hervor und gesellen sich zu dem oben schweifenden luftigen Volk, während unten ein nach Myriaden zählendes Geschwirr ihren Platz einnimmt. Durch allen Mißton und Trubel aber höre ich helle, silberne, wie auf Signalhörnern geblasene Töne unverzerrt herniederklingen: es ist wie die schräge Schraffur eines emsig herniederprasselnden Regenschauers. Ich blicke hoch nach oben und gewahre ein schneeweißes, engelhaftes Ding, mit einer einzigen langen, lanzenartigen Feder wie ein Sporn. Es ist der helle, begeisternde Chantecler des Meeres, der Prachtvogel, der wegen seines weckenden, melodisch flötenden Zurufs recht passend den Beinamen »Bootsmannsmaat« bekommen hat.

Das geflügelte, lebenumwölkte Rodondo hatte sein vollendetes Gegenbild in den flossentragenden Scharen, die die Gewässer zu seinen Füßen bevölkerten. Unter dem Wasserspiegel schien der Felsen eine einzige Honigwabe aus Grotten, Labyrinthen für schutzsuchende Schwärme von Zauberfischen. Fremdartig waren sie alle: manche waren überaus schön und hätten den kostbarsten Glaskugeln mit prunkenden Goldfischen zur Zierde gereicht. Was einen am meisten erstaunen konnte, war die völlige Neuartigkeit von vielen Einzelnen unter diesen Vielen. Hier sah man Farben, die noch nie gemalt, und Muster, die noch nie gezeichnet wurden.

Um von der Anzahl, der Freßgier und der namenlosen Unbesorgtheit und Zahmheit dieser Fische eine Vorstellung zu geben,

will ich nur sagen, daß man manchmal, wenn die Fische allzu ein-
mütig nach der Oberfläche des Wassers emporflitzten, in den sichtbar werdenden klaren Wasserbereichen einige größere und weniger
unbesorgte Burschen erspähte, nach denen dann unsere Angler ihre
Ruten in größere Tiefe auszuwerfen versuchten. Das blieb aber
vergebliche Liebesmüh; man konnte durch die oberste Schicht einfach nicht hindurchkommen. Kaum berührte der Haken das Wasser, so stritten sich hundert Verblendete um die Ehre gefangen zu
werden. Arme Fischlein von Rodondo! – in eurem opfervollen Vertrauen gehört ihr zu den Vielen, die der menschlichen Natur unbe-
sehen vertrauen, ohne sie doch zu verstehen.

Aber schon ist aus dem Morgengrauen beinahe Tag geworden.
Schwarm auf Schwarm ziehen die Seevögel hin und plündern die
Tiefe nach Nahrung. Der Turm bleibt verlassen, bis auf die Fisch-
speicher in seiner Tiefe. Der Vogelkalk leuchtet im goldenen Strahl
wie die Tünche an einem gewaltigen Leuchtturm oder die hohen
Segel eines Ozeanfahrers. Das ist wohl der Augenblick, wo wir
wissen, daß ein toter, verlassener Fels vor uns liegt, wo aber andere
Seefahrer darauf schwören, sie hätten ein fröhliches, menschenwimmelndes Schiff gesehen.

Laßt uns Taue nehmen und den Aufstieg wagen! Aber gemach, es
ist nicht einfach!

Vierte Skizze

Ein Rundblick vom Felsen

... Er führt ihn drauf zum höchsten Punkt des Orts
Und lenkt auf alles weit und breit den Blick

Wenn ihr den Rodondo-Felsen besteigen wollt, so haltet euch an folgende Vorschrift. Macht erst als Vortoppmann auf der größten Fregatte aller Flotten drei Reisen um die Welt; dient dann ein, zwei Jahre als Lehrling bei einem Führer, der die Fremden auf den Pik von Teneriffa geleitet, und arbeitet jeweils ebenso lang bei einem Seiltänzer, einem indischen Gaukler und einer Gemsenherde. Ist dies geschehen, dann mögt ihr kommen und zur Belohnung den Ausblick von unserem Turm genießen. Wie wir hinaufgekommen sind, bleibt unser Geheimnis. Wenn wir uns auch bemühen, es anderen Menschen zu sagen, sie hätten doch nichts davon. Es möge genügen, daß wir zusammen hier auf dem Gipfel stehen, du und ich. Ob der Ballonfahrer, ob der Mann im Mond von seinem Ausguck weitere Sicht genießt? So ähnlich, denkt man, muß das Weltall aussehen, von Miltons himmlischen Zinnen aus betrachtet. Ein grenzenloses Wasser-Kentucky. Hier hätte Daniel Boone seinen Frieden gefunden.

Achte nicht auf die vor dir liegende Verbrannte Erde der Verzauberten Inseln. Blicke an ihnen vorbei, überkant, wenn man so sagen darf, nach Süden. Du siehst nichts; aber erlaube, daß ich dir die Richtung, wenn auch nicht den Ort einiger fesselnder Punkte in der weiten See bezeichne – dieser See, die den Fuß unseres Turmes küßt und sich von da an vor unseren Blicken hinstreckt bis zum Südpol.

Wir stehen hier zehn Meilen vom Äquator entfernt. Dort, etwa sechshundert Meilen nach Osten, liegt das Festland. Unser Felsen befindet sich ziemlich genau auf dem Breitengrad von Quito.

Noch eins bitte zu beachten. Wir befinden uns auf einer von drei unbewohnten Gruppen, die, in ziemlich gleicher Entfernung von der Festlandsküste, voneinander jeweils weit getrennt, die gesamte Küste von Südamerika vorpostenähnlich bewachen. Auf eigentümliche Weise bilden sie zugleich den letzten Ausläufer des südamerikanischen Landschaftscharakters. Von den zahllosen polynesischen

Inselketten im Westen ist auch nicht eine, die in ihren Eigenschaften mit den Encantadas oder Galapagos, den Inseln St. Felix und St. Ambrosio, den Inseln Juan Fernandez und Masafuera Verwandtschaft zeigte. Von den ersten brauchen wir hier nicht zu sprechen. Die an zweiter Stelle genannten liegen etwas überm Wendekreis des Steinbocks: hohe, unwirtliche und unbewohnbare Felsen, von denen einer, der aus zwei runden, von einem niedrigen Riff miteinander verbundenen Buckeln besteht, einer riesigen doppelköpfigen Kettenkugel aufs Haar gleichsieht. Die zuletzt genannten beiden Inseln schließlich liegen unter 33 Grad südlicher Breite; sie sind hoch, wild und zerklüftet. Juan Fernandez ist hinlänglich berühmt, man braucht es nicht weiter zu beschreiben. Masafuera ist ein spanischer Name; er bezeichnet die Tatsache, daß die so benannte Insel »weiter draußen« liegt, nämlich weiter vom Festland entfernt als die Nachbarinsel Juan. Dieses Masafuera bietet auf eine Entfernung von acht bis zehn Meilen einen höchst imposanten Anblick. Nähert man sich ihm aus einer bestimmten Richtung und bei bewölktem Himmel, dann hat es mit seinen großen, überhängenden Höhen, seinem zerrissenen Umriß und namentlich einer eigenartigen Abdachung seines breiten Gipfelgeländes ganz den Anschein eines riesigen Eisbergs, der in drohend-gefährlichem Gleichgewicht einhertreibt. Seine Seiten sind zerfurcht von dunklen, höhlenartigen Nischen wie das Innere einer alten Kathedrale von dämmerigen Seitenkapellen. Wenn man von See her kommend, nach langer Reise in die Nähe einer solchen Schlucht gelangt und einen in Lumpen gehenden Schwerverbrecher mit seinem Stock in der Hand den steilen Abhang auf sich zukommen sieht, dann wird man, bei einigem Organ für das Pittoreske, eine seltsame Empfindung nicht unterdrücken können.

Bei Fischkommandos vom Schiff aus habe ich die hier genannten Gruppen zu verschiedenen Zeiten alle zu besuchen Gelegenheit gehabt. Der Eindruck, den sie bei dem Fremden, wenn er mit seinem Boot unter ihren grimmigen Klippen rudert, unweigerlich erwecken, ist der, daß er als erster Entdecker hier sei, denn fast überall sind ganz ungebrochen das Schweigen und die Einsamkeit. Da wir schon davon sprechen: die Art und Weise, wie die Inseln seinerzeit zum ersten Mal von Europäern betreten worden sind, verdient in der Tat Erwähnung, schon deshalb, weil das hier Gesagte ebenso für die erste Entdeckung der Encantadas gilt.

Vor dem Jahre 1563 waren die Reisen der spanischen Schiffe von Peru nach Chile ein höchst schwieriges Unternehmen. Längs der Küste herrschen meist südliche Winde, und es war zur unabänderlichen Gewohnheit geworden, sich dicht am Lande zu halten, weil bei den Spaniern die abergläubische Vorstellung verbreitet war, sie würden, wenn sie das Land aus dem Gesicht verlören, von den ewigen Passatwinden in unendliche Meeresfernen hinausgetrieben werden, von wo es keine Rückkehr gäbe. Auf ihrem Kurs nun, um gewundene Vorgebirge und Küstenlinien, Untiefen und Riffs, noch dazu im Kampf gegen einen beständigen, wenn auch oft ganz leichten Gegenwind, der sich zuweilen für Tage und Wochen in eine trostlose Windstille verwandelte, hatten die Schiffe in vielen Fällen die erdenklichsten Unbilden zu erdulden bei Seereisen, deren Dauer nach unseren heutigen Begriffen ganz unwahrscheinlich lang anmutet. In manchen Sammlungen berühmter Schiffsunfälle wird von einem Schiff berichtet, das sich auf eine, wie man annahm, zehntägige Reise begab, statt dessen vier Monate auf See verbrachte und überhaupt nicht mehr in den Hafen zurückkehrte, weil es schließlich aufgegeben werden mußte. So seltsam es klingt, wurde dieses Schiff nicht einmal Opfer eines Sturms, sondern immer nur höchst vertrackter widriger Flauten und Strömungen. Dreimal gingen die Vorräte zu Ende und man legte in einem Durchgangshafen an, stach von neuem in See und mußte abermals umkehren. Häufig segelte man auch in dichtem Nebel, so daß keine Beobachtungen über den Standort gemacht werden konnten, und so kam es denn einmal vor, daß alles schon freudig auf das Auftauchen des Bestimmungshafens wartete, bis sich plötzlich die Dünste hoben und die Berglandschaft enthüllten, von der aus man zu Beginn der Reise abgesegelt war. Bei ähnlichem trügerischen Nebelwetter lief das Schiff zuguterletzt auf ein Riff, woraus sich noch viele Widerwärtigkeiten ergaben, die hier zu berichten zu traurig wäre.

Der berühmte Steuermann Juan Fernandez, der durch die nach ihm benannte Insel unsterblich geworden ist, war es, der diesen Verdrießlichkeiten einer Küstenschiffahrt ein Ende setzte, indem er – so wie es von Europa aus vor ihm Vasco da Gama gemacht hatte – den kühnen Versuch wagte, sich weit vom Land zu halten. Hier fand er die für den Südkurs günstigen Winde, und indem er nach dem Westen hielt, bis er aus dem Bereich des Passats herauskam, gelangte er ohne Schwierigkeit zur Küste zurück, so daß sich sein eigentlich so umständlicher Kurs im Grunde als viel zeitsparender erwies als der angeblich direkte. Auf der derart gewonnenen neuen Route wurden denn auch, es mag irgendwann um das Jahr 1670 gewesen sein, die Verzauberten Inseln und die übrigen der Küste vorgelagerten Schildwachtinseln, wie man sie nennen könnte, entdeckt. Ich weiß zwar von keinem Bericht, des Inhalts, ob eine oder die andere bei der Entdeckung bewohnt war; es darf aber angenommen werden, daß sie seit unvordenklicher Zeit Stätten der Einsamkeit gewesen sind. Wir wollen aber endlich auf Rodondo zurückkommen.

Südwestlich von unserem Turm liegt das weite Polynesien, freilich hunderte von Seemeilen entfernt. Genau westlich indessen, streng dem Breitengrad entlang, erhebt sich überhaupt kein Land, bis man auf die Kingsmill-Inseln stößt, eine hübsche kleine Seereise von rundgerechnet fünftausend Meilen.

Nachdem wir durch solchen Hinweis auf das Entfernte – und nur damit kommt man auf Rodondo zurecht – unsern relativen Standort inmitten der See bestimmt haben, wollen wir einige nicht ganz so entfernte Punkte ins Auge fassen. Werfen wir einen Blick auf die wüsten, ausgebrannten Verzauberten Inseln. Das nächstgelegene kraterförmige Vorgebirge ist ein Teil von Albemarle, der größten Insel, die sechzig Meilen oder darüber in der Länge und fünfzehn in der Breite mißt. Habt ihr je auf den wirklichen, leibhaftigen Äquator einen Blick geworfen? Habt ihr je, im weitesten Sinn des Worts, auf der Linie Fuß gefaßt? Nun, das kraterförmige Vorgebirge dort, über und über aus gelber Lava, wird vom Äquator durchschnitten, haargenau wie ein Messer durch die Mitte einer Kürbistorte schneidet. Könntet ihr weiter sehen, bis hinüber zur anderen Seite des Vorgebirges, dort über den niedrigen deichartigen Buckel weg, dann würdet ihr die Insel Narborough erblicken, die höchste Erhebung in der ganzen Gruppe. Da gibt es überhaupt keine Erde; es ist eine einzige ineinander verbackene Schotteranhäufung von oben bis unten, voller schwarzer Löcher wie Schmiedewerkstätten, und die metallische Küste scheppert dir unterm Fuß wie Eisenplatten; die zentral gelegenen Vulkane aber stehen beieinander wie eine riesige Schornsteinreihe.

Narborough und Albemarle liegen benachbart, aber auf ganz kuriose Weise. Eine einfache Zeichnung wird für den Hausgebrauch veranschaulichen, wie das gemeint ist:

Nun breche man einen Kanal, da wo an dem obenstehenden Buchstaben das Mittelgelenk befestigt ist, und dann ist der mittlere Querbalken Narborough, und alles übrige ist Albemarle. Das vulkanische Narborough liegt in den schwarzen Lefzen von Albemarle wie die rote Zunge eines Wolfs in seinem offenen Maul.

Wenn ihr nun die Bevölkerungsziffer von Albemarle zu erfahren wünscht, so will ich euch in runden Zahlen die statistischen Angaben mitteilen, wie sie den zuverlässigsten, an Ort und Stelle vorgenommenen Schätzungen entsprechen:

Menschen	keine
Ameisenfresser	unbekannt
Menschenhasser	unbekannt
Eidechsen	500 000
Schlangen	500 000
Spinnen	10 000 000
Salamander	unbekannt
Teufel	unbekannt
Gesamtsumme	11 000 000

nicht eingerechnet die nicht näher zu ermittelnde Menge der bösen Geister, Ameisenfresser, Menschenhasser und Salamander.

Albemarle öffnet seinen Rachen in Richtung auf die untergehende Sonne. Seine weitaufgesperrten Lefzen bilden eine weite Bucht, die von Narborough, der Zunge, in zwei Hälften geteilt wird, wovon die eine den Namen Wetterbucht, die andere den Namen Lee-Bucht trägt. Die vulkanischen Vorgebirge, in welche die Küstenlinie der Insel ausläuft, heißen Südspitze und Nordspitze. Ich merke dies an, weil die beiden Buchten in den Annalen der Spermacoeti-Fischerei berühmt sind. Die Wale kommen zu bestimmten Jahreszeiten hierher, um ihre Jungen zu werfen. Man hat mir erzählt, daß bei den ersten Schiffsreisen in der Gegend die Taktik befolgt wurde, mit den Schiffen den Eingang zur Lee-Bucht abzusperren und mit den Booten in die Wetterbucht einzudringen und den Narborough-kanal zu passieren, so daß man die Meeresriesen hübsch in der Zange hatte.

Am Tag, nachdem wir zu Füßen des Runden Turms gefischt hatten, wehte günstiger Wind, und als wir in voller Fahrt die nördliche Landspitze umsegelten, gewahrten wir unvermutet eine Flotte von mindestens dreißig Seglern, die hart am Wind hielten wie ein in Linie ausgerichtetes Geschwader. Schöneres konnte man nicht sehen. Ein einziger Einklang, ein einziges harmonisches Dahinrauschen. Ihre dreißig Kielschweine summten wie ebensoviele Harfensaiten und schienen wie Saiten straff angespannt, indes sie die See mit parallelen Linien furchten. Man sah sofort: es waren zu viele Jäger für das Wild. Die fremde Flotte gab es auf und lief außer Sicht, und ließ unser Schiff und zwei saubere Kähne aus London allein. Auch diese beiden ersahen sich kein Glück und verschwanden, und die Lee-Bucht mit allem Zubehör fiel uns ohne weitere Nebenbuhler anheim.

Zu segeln hat man hier auf folgende Weise. Man legt sich vor dem Eingang der Bucht auf die Lauer, indem man bald einwärts, bald auswärts kreuzt. Mitunter – keineswegs regelmäßig, wie in anderen Teilen der Gruppe – fegt eine Strömung mit Rennpferdgeschwindigkeit quer durch die Mündung der Bucht. Man muß also, mit vollen Segeln fahrend, mit dem Halsen sehr auf der Hut sein. Wie oft bin ich bei Sonnenaufgang im Fockmasttopp gestanden, während unser Bug sich geduldig seinen Weg zwischen den Inseln bahnte, und habe auf das Land gestarrt – ein Land, wo es statt Milch und Honigkuchen nur Basalt und Schotter gab und wo statt der Ströme funkelnden Wassers nur gehemmte Sturzbäche gequälter Lava dem Meer entgegensprangen.

Wenn man zu Schiff von der hohen See her einläuft, bietet sich Narborough von der Seite dar, eine einzige dunkle Klippenmasse, die fünf- oder sechstausend Fuß hoch steigt und sich oben in schwere Wolkenkappen hüllt, deren unterer Rand klar und deutlich vor dem Hintergrund der Felsen abgezeichnet steht, ähnlich wie die Schneegrenze im Andengebirge. Ungemach und Trübsal gehen in jener finsteren Höhe um. Die Feuergeister wirken dort und zündeln bei Nacht an seltsamen Gespensterbeleuchtungen, auf Meilen in die Runde, ohne daß es zu Entladungen käme, oder aber sie machen sich jählings bemerkbar in schrecklichen Erderschütterungen und dem unverkürzten Schauspiel eines Vulkanausbruchs. Je schwärzer die Wolke am Tage aussieht, umso mehr darf man sich bei Nacht auf Lichterscheinungen gefaßt machen. Den Walfängern, die nah an dem brennenden Berg vorbeigesegelt sind, ist oft zumute, als glühte sie ein Ballsaal in voller Festbeleuchtung an. Oder soll man sagen, sie sei eine Glashütte, die glasig besponnene Insel Narborough mit ihren hohen Schornsteinschloten?

Hier auf Rodondo, wo wir immer noch stehen, können wir nicht alle Inseln sehen; es ist aber ein guter Platz, um wenigstens anzudeuten, wo sie liegen. Da drüben, in Ostnordost, erkenne ich gerade noch einen schwärzlichen Grat in der Ferne. Das ist Abington, eine von den nördlichsten Inseln der Gruppe: einsam, abgelegen und öde, anzusehen wie das Niemandsland, das man an den nördlichsten Küstenstreifen unseres Kontinents gewahrt. Ich glaube kaum, daß auch nur zwei Menschen dort an Land gegangen sind. Wenn es auf die Insel Abington ankäme, brauchten Adam und seine Milliarden Nachfahren nie zur Welt gekommen zu sein.

Südwärts an Abington anschließend und ganz unsichtbar hinter dem langen Rücken von Albemarle liegt die James-Insel, von den ersten Seeräubern nach dem unseligen Stuart, dem Herzog von York, benannt. Man beachte, nebenbei bemerkt, daß die Encantadas, mit Aufnahme der erst verhältnismäßig spät festgestellten und dann meistens nach berühmten Admiralen benannten Inseln, zuerst von den Spaniern getauft worden sind. Die spanischen Namen wurden jedoch auf den englischen Karten meistens von den späteren Namensgebungen der Seeräuber verdrängt, die sich um die Mitte des siebzehnten Jahrhunderts in der Regel an die Namen von englischen Edelleuten und Königen hielten. Von diesen königstreuen Freibeutern und den Geschehnissen, die ihren Namen mit den Encantadas verknüpfen, werden wir gleich noch hören. Eine kleine Geschichte können wir sogar schon jetzt zum besten geben. Zwischen der Jamesinsel und Albemarle liegt nämlich ein bizarres Eiland, das seltsamerweise unter dem Namen »Cowleys Verzauberte Insel« geht. Die gesamte Gruppe trägt ja den Namen der »verzauberten«; also muß man schon den Grund angeben, welcher Zauber innerhalb des großen Zaubers der Insel ihre besondere Bezeichnung eingetragen hat. Der Herr Seeräuber hat den Namen selbst ersonnen, als er zum erstenmal in die Gegend kam. In seinem später veröffentlichten Reisebericht sagt er über die Insel: »Ein Einfall gab mir ein, sie Cowleys Verzauberte Insel zu nennen, denn indem wir sie von mehreren Punkten im Kompaß her zu Gesicht bekamen, bot sie sich immer wieder in neuer Gestalt, einmal als eine Festung in Trümmern, ein andermal als eine große Stadt, und so weiter.« Kein Wunder freilich, daß auf den Encantadas alle möglichen optischen Täuschungen und Luftspiegelungen den Besucher äffen.

Wenn Cowley der verwandelbaren und trughaften Insel seinen Namen anheftete, so liegt die Möglichkeit nahe, daß er in ihr eine Art ersonnenes Spiegelbild seiner selbst erschaut hat. Sollte er, was nicht ausgeschlossen ist, in irgend einer Weise verwandt zu sein mit dem mild-besinnlichen und zur Selbstironie neigenden Dichter Cowley, der zur selben Zeit gelebt hat, so möchte unsere Vermutung nicht unbegründet sein; denn Gefühle, wie sie in der Benennung der Insel zum Ausdruck kommen, gehen ins Blut und begegnen uns bei Seeräubern wie bei Dichtern.

Weiter südlich als die Jamesinsel liegen die Inseln Jervis, Duncan, Croßman, Brattle, Wood, Chatham und einige kleinere, alles in allem eine Inselwelt der Dürre, ohne Bewohner und ohne Geschichte, und in alle Ewigkeit ohne die Aussicht, daß sie zu Bewohnern und Geschichte kommt. Doch gibt es daneben auch recht bemerkenswerte Inseln – Barrington, Charles, Norfolk und Hood. In späteren Kapiteln werden wir erfahren, auf was für Gründen ihre Merkwürdigkeit beruht.

Fünfte Skizze

Die Fregatte und das Schiff Fangmichnicht

Die Blicke weit aufs Meer hinaus gewandt,
Hab ich ein wimpelbuntes Schiff gewahrt,
Und seine Farben hoch im Mast erkannt.
So macht auf hoher See es frohe Fahrt.

Bevor wir Rodondo verlassen, dürfen wir nicht zu erwähnen vergessen, daß hier im Jahre 1813 die amerikanische Fregatte Essex, Kapitän David Porter, um ein Haar Leib und Leben gelassen hätte. Sie lag eines Morgens in einer Flaute fest und wurde von einer starken Strömung rasch dem Felsen entgegengetrieben, als sie einen fremden Segler entdeckte, der – wie bei den verhexten Zuständen in der Gegend durchaus zu verstehen – seinerseits gegen heftigen Wind anzukämpfen schien, während die Fregatte völlig tot und regungslos dalag. In diesem Augenblick kam jedoch ein leichter Wind auf, und die Fregatte setzte alle Segel, um den vermeintlichen Feind (man hielt ihn für einen englischen Walfänger) zu jagen – die Gegenströmung war indessen so stark, daß er bald außer Sicht kam. Um die Mittagsstunde sah sich die Essex sogar, obwohl sie Treibanker ausgeworfen hatte, so nah an die schaumgepeitschten Klippen von Rodondo herangetrieben, daß eine Zeitlang kein Mann an Bord mehr an Rettung glaubte. Eine lebhafte Kühlte half ihr zuguterletzt davon; es war eine derart knappe Rettung, daß man geradezu von einem Wunder sprechen mußte.

Selber vom Untergang bewahrt, nützte die Fregatte ihre Errettung sogleich dazu, dem fremden Schiff, wenn irgend möglich, seinen Untergang zu bereiten. Man nahm die Verfolgung in der Richtung, in der das unbekannte Schiff verschwunden war, wieder auf, und am folgenden Morgen bekam man es wieder in Sicht. Es setzte, als es sich entdeckt sah, sogleich amerikanische Farben, hielt sich aber von der Essex entfernt. Eine Windstille kam dazwischen; Kapitän Porter, der immer noch überzeugt war, daß es sich um einen Engländer handle, entsandte einen Kutter, nicht gerade mit dem Auftrag, das feindliche Schiff zu entern, aber doch die Boote zu verjagen, von denen es sich schleppen ließ. Das gelang dem Kutter. Man ließ noch weitere Kutter auslaufen und gedachte das fremde Schiff diesmal zu nehmen, denn es hatte inzwischen statt der amerikanischen Farben die englische Flagge gezeigt. Kaum waren indessen die Boote der Fregatte ihrer erhofften Prise richtig nahegekommen, als wieder eine von den unberechenbaren Kühlten aufkam. Das fremde Schiff entschwand mit vollen Segeln nach Westen und hatte, noch ehe es Nacht wurde, einen weiten Vorsprung vor der Essex, die unentwegt mit Flaute festlag.

Von dem rätselhaften Schiff – das am Morgen amerikanisch und am Abend englisch war und während einer Windstille die Segel voll Wind hatte – sah man nie wieder etwas. Sicher ein verwunschenes Schiff. Die Seeleute jedenfalls schworen darauf.

Die erwähnte Kreuzerfahrt der Essex im Pazifischen Ozean während des Krieges von 1812 ist vielleicht in ihrer Art das seltsamste und erregendste Abenteuer aus der Geschichte der amerikanischen Flotte. Die Essex brachte aus den entferntesten Gegenden Schiffe auf, besuchte die entlegensten Meere und Inseln, hielt sich lang in der verhexten Umgebung der verzauberten Gruppe und gab schließlich in tapferem Kampf den Geist auf, als sie sich auf der Reede von Valparaiso mit zwei englischen Fregatten herumschlug. Erwähnt wird sie hier aus demselben Grund, aus dem auch von den Freibeutern die Rede sein soll: weil sie nämlich, wie jene, auf Grund ihrer langen Kreuzerfahrten in der Nähe der Inseln, bei denen sie an der Küste Schildkröten jagte und ganz allgemein Forschungen anstellte, mit den Encantadas auf besondere Weise verknüpft ist.

Hierbei möge erwähnt sein, daß wir über die Verzauberten Inseln nur drei bemerkenswerte Augenzeugenberichte besitzen: – Cowley, den Freibeuter (1684); Colnet, den Erforscher der Walfanggründe (1798); und Porter, den Kapitän zur See (1813). Darüber hinaus haben wir nur wertlose, unergiebige Bemerkungen von einigen wenigen durchreisenden Besuchern oder aus zweiter Hand arbeitenden Schriftstellern.

Sechste Skizze

Die Insel Barrington und die Freibeuter

Den niedern Knechtssinn laßt uns von uns tun;
Die Erde selbst hat uns hervorgebracht,
So laßt uns teilen, was sie uns vermacht,
Und an uns nehmen das, was uns gebührt,
Ob's auch die Leisetreter uns entführt,
Die gierigen Schleicher, die die Welt besitzen.

Herren der Erde schweifen wir einher,
Wohin uns gut dünkt, niemand Untertan.

Das nenn ich wacker leben, fröhlich, erstgeboren
Und frei von Furcht, oh frei von kleinlichem Gezänk!

Es ist nun beinahe zwei Jahrhunderte her, da war die Insel Barrington der Schlupfwinkel jener berühmten Gruppe von westindischen Freibeutern, die nach ihrer Vertreibung aus den kubanischen Gewässern die Landenge von Darien überschritten, die am Stillen Ozean gelegenen Teile der spanischen Kolonien brandschatzten und mit der Regelmäßigkeit und Pünktlichkeit einer modernen Post den königlichen Schatzschiffen auf ihrem Kurs von Manila nach Acapulco auflauerten. Nach den Anstrengungen des Seeräuberns sammelten sie sich hier zum frommen Dankgebet, genossen ein gemütliches Beisammensein unter Männern, zählten den tonnenweise erbeuteten Schiffszwieback und die in Fäßchen verpackten Dublonen und maßen die Seidenstoffe aus Asien, indem sie lange Toledaner Klingen als Ellen verwendeten.

Als sicherer Zufluchtsort und unauffindbares Versteck hätte sich in jenen Tagen schwerlich ein günstigeres Fleckchen finden lassen. Inmitten eines weiten und schweigenden, dabei äußerst wenig befahrenen Meeres; von Inseln umgeben, deren ungastliches Aussehen im Zweifel auch den zufällig hierher verschlagenen Seemann vertreiben würde; dabei aber nur ein paar Tagereisen von den üppigen Landstrichen entfernt, die sie sich zum Opfer erkoren – man versteht, daß die Seeräuber, von niemand behelligt, hier all den Frieden fanden, den sie jedem friedsamen Hafen in jenem Teil der Welt so wütend streitig machten. Wenn das Wetter ihnen unhold war, oder, wenn sie ihre Feinde allzusehr herausgefordert und von ihnen vorübergehend einmal eine Abfuhr bezogen hatten, oder auch wenn sie mit reicher Beute an Bord schnell hatten Reißaus nehmen müssen, dann kamen die alten Marodeure hier zusammen und fühlten sich wohlgeborgen wie in Abrahams Schoß. Ganz abgesehen von seiner Sicherheit und seiner Eigenschaft als treffliche Ruhestatt hatte der Platz auch noch in anderer Hinsicht höchst nützliche und schätzenswerte Qualitäten.

Die Insel Barrington ist auf manche Weise ungewöhnlich geeignet zum Kielholen, Ausbessern und Verproviantieren und zu sonstigen Verrichtungen, wie sie der Seemann betreibt. Es gibt gutes Wasser und guten, durch den hohen Landrücken von Albemarle gegen alle Winde wohl geschützen Ankergrund, und vor allem ist Barrington die am wenigsten unergiebige Insel der Gruppe. Schildkröten zur Verpflegung, Bäume zur Heizung, langes Gras zum Bettenmachen – das alles gedeiht hier reichlich, und es gibt hübsche, von der Natur geschaffene Spaziergänge und einen wechselnden, sehenswerten Landschaftscharakter. Die Insel Barrington gehört zwar örtlich zu der Gruppe der Verzauberten, sie ist aber in der Tat den meisten ihrer Nachbarinnen so unähnlich, als zählte sie gar nicht richtig zu ihnen.

»Ich bin einmal an der Westseite der Insel an Land gegangen«, berichtet ein empfindsamer Reisender aus alter Zeit, »wo sie nach den schwarzen Stützmauern von Albemarle hinüberblickt. Ich schritt unter hübschen Baumgruppen – nicht gerade sehr hoch, und auch gewiß keine Palmen, keine Orangenbäume oder Pfirsiche, aber doch für jemand, der lang zur See gefahren war, ein sehr angenehmes Schutzdach, wenn sie auch keine Früchte trugen. Man kam an stille Fleckchen Erde, auf Lichtungen und wohlbeschattete Aussichtspunkte, wo man über einen Abhang weg ein friedvolles Landschaftsbild unter sich gewahrte – und was glaubt man, daß ich da gesehen habe? Sitzgelegenheiten, wie geschaffen für Brahmanen und Präsidenten von Friedensgesellschaften. Schöne alte Ruinen ehemaliger regelmäßig geformter Kanapees aus Stein und Rasen, alt zwar, aber noch deutlich als künstlich hergestellt zu erkennen, und zweifellos von den Freibeutern angelegt. An einer Stelle sah man ganz deutlich ein langes Sofa mit Rücken und Armlehnen, ein Sofa, wie es der Dichter Gray besessen haben mag, auf das er sich, seinen Crebillon in der Hand, so gern geworfen hat.

Zwar haben sich die Freibeuter manchmal monatelang ununterbrochen hier aufgehalten und den Ort als Vorratskammer für überzählige Spieren, Segel und Tonnen benützt; es ist aber höchst unwahrscheinlich, daß sie je richtige Wohnhäuser auf der Insel errichtet haben. Sie waren nicht hier, ohne daß auch ihre Schiffe bei der Insel blieben, und wahrscheinlich haben sie an Bord geschlafen. Ich erwähne dies, weil ich den Gedanken nicht von der Hand weisen kann, daß man in der Errichtung der romantischen Ruhebänke schwerlich etwas anderes erblicken darf als eine Gesinnung völliger Friedfertigkeit und argloser Naturverbundenheit. Daß die Freibeuter die größten Missetaten vollbracht haben, ist nur zu wahr – daß einige von ihnen ganz einfach Halsabschneider waren, läßt sich nicht leugnen. Wir wissen aber, daß sich unter ihrem Haufen hier und da auch ein Dampier, ein Wafer und ein Cowley befunden haben, und so gewiß auch noch andere Männer, deren schlimmste Seite darin bestanden hat, daß es Fortuna mit ihnen allzu übel meinte – indem nämlich Verfolgung oder Schicksalsungunst, vielleicht auch heimlich erduldetes Unrecht diese Menschen aus der Gemeinschaft der Christen ausstieß und der melancholischen Einsamkeit der See oder auch ihrem frevelhaften Abenteuerleben überantwortete. Jedenfalls werden, so lange die erwähnten halbverfallenen Sitzbänke auf Barrington erhalten bleiben, recht merkwürdige Beweisstücke dafür vorhanden sein, daß nicht alle diese Seeräuber einfach nur fühllose Unmenschen gewesen sind.

Übrigens dauerte es nicht lang, und ich entdeckte bei meinem Rundgang auf der Insel auch andere Zeichen, die nun wiederum ganz im Einklang standen mit dem wilden Gemüt, das man gemeinhin, und sicher nicht mit Unrecht, den Freibeutern alles in allem zum Vorwurf macht. Hätte ich altes Segeltuch oder verrostete Reifen aufgeklaubt, so wären mir bloß der Schiffszimmermann und der Böttcher in den Sinn gekommen. Ich fand aber alte Entermesser und Dolche, vom Rost fadendünn gefressen, die sicher in alter Zeit manch armem Spanier zwischen die Rippen gebohrt wurden. Da mußte man denn an Mörder und Räuber denken; und auch die Zechbrüder hatten ihre Spur hinterlassen. Unter die Muscheln verstreut lagen hoch am Strand da und dort zerbrochene Krugscherben. Sie glichen aufs Haar den Krügen, wie man sie noch jetzt an der spanischen Küste für den Wein und die landesüblichen Schnäpse verwendet.

Ein Stück verrosteten Dolch in der einen, einen Weinkrugscherben in der anderen Hand ließ ich mich auf der grünen Sofaruine nieder, von der ich gesprochen habe, und sinnierte lang und nachhaltig über die besagten Freibeuter. War es die Möglichkeit, daß sie an einem Tag raubten und mordeten, am nächsten schmausten und zechten, und sich am dritten der Ruhe hingaben, indem sie sich zu betrachtsamen Philosophen, ländlichen Poeten und Kanapeebauern verwandelten? Recht bedacht, sprach nicht viel dagegen. Man denke nur, wie schwankend der Mensch ist. Und mag man ihn auch selten bestätigt finden, ich muß immer wieder den menschenfreundlichen Gedanken in mir bewegen, daß es unter diesen Abenteurern auch ritterliche, umgängliche Seelen gegeben hat, die wirklicher Friedsamkeit und Tugend fähig waren.«

Siebente Skizze

Die Charles-Insel und der Hundekönig

... mit grauenhaftem Schrein
Stürzt auf dem Felsgeklüft ein Gaunerheer
Von allen Seiten wütend auf ihn ein:
Niedrig Gezücht, zerlumpt, von Gliedern schwer,
Den Tod ihm drohend mit seltsamer Wehr,
Mit Knüppelzeug, unhandlich langem Speer,
Rostigem Messer, rohem Feuerstein.

Nach unsrer Arbeit sollt ihr uns nicht fragen,
Wir sind kein Sklavenvolk zum Lastentragen,
Zu hochgeborn für ekle Plackerei,
Wie sie des niedern Pöbels Schicksal sei.

Südwestlich von Barrington liegt die Charles-Insel. An ihr haftet eine Geschichte, die ich vor langer Zeit einmal von einem in allen heimlichen Wissenschaften fremdländischen Lebens bewanderten Schiffskameraden erzählt bekommen habe.

Während des erfolgreichen Aufstands der spanischen Kolonial-provinzen gegen ihr Mutterland focht auf peruanischer Seite ein Abenteurer aus Kuba, ein Kreole, und erwarb sich schließlich infol-ge seiner Tapferkeit und seines Glücks einen hohen Rang in der Armee der Patrioten. Als der Krieg vorüber war, befand sich Peru in der Lage, in der sich schon manch wackerer Haudegen befunden hat: an Freiheit und Unabhängigkeit fehlte es nun nicht, aber man hatte nicht mehr viel Pulver zu verschießen. Mit andern Worten: Peru wußte nicht im entferntesten, womit es seine Truppen auszah-len sollte. Der Kreole nun (seinen Namen habe ich vergessen) er-klärte, sich bereit, das ihm Zukommende in Form von Land entge-genzunehmen. Man bedeutete ihm daraufhin, er könne sich an den Verzauberten Inseln schadlos halten, die damals, wie auch heute noch, dem Buchstaben nach von Peru abhängig waren. Der Söldner geht alsbald auf die Reise, erforscht die Gruppe, kehrt sodann nach Callao zurück und erklärt, er möchte sich den Besitz der Charles-Insel verbriefen lassen. Die Abtretungsurkunde solle festlegen, daß die Charles-Insel hinfüro nicht nur das ausschließliche Eigentum des Kreolen sei, sondern für alle Zeiten frei von Peru, so wie Peru frei von Spanien. Kurzum, der Abenteurer läßt sich faktisch zum obersten Herrn der Insel machen, zu einem Fürsten unter den Souveränen dieser Erde.[1]

Er erläßt hierauf eine Proklamation und lädt Untertanen in sein bis dahin unbevölkertes Königreich. Achtzig Seelen etwa, Männlein und Weiblein, melden sich und werden von ihrem Anführer mit der notwendigsten Ausstattung und verschiedenen Geräten versehen, sowie mit einigem Vieh und Ziegen. So ausgerüstet treten sie die Reise nach dem gelobten Land an; der letzte an Bord, unmittelbar bevor man in See sticht, ist der Kreole selbst, seltsamerweise begleitet von einer wohlgeschulten Kavalleriekompanie aus riesigen scharfen Hunden. Von ihnen war während der Reise zu bemelden, daß sie jeden Umgang mit den Auswanderern verschmähten, sich vielmehr in aristokratischer Absonderung auf dem erhöhten Achterdeck um ihren Herrn scharten und verächtliche Blicke nach vorn auf das dorten herrschende Gewimmel der kleinen Leute warfen, so ähnlich wie die als Besatzung in eine eroberte Stadt gelegten Soldaten von den Wällen herab den ruhmlosen Bürgermob begucken, über den sie als Wache gesetzt sind.

Nun ähnelt die Charles-Insel der Insel Barrington nicht nur, indem sie weit wohnlicher ist als der andere Teil der Gruppe, sondern sie ist überdies doppelt so groß, etwa vierzig oder fünfzig Meilen im Umkreis.

Glücklich angelangt machen sich die Reisenden unter der Anleitung ihres Herrn und Beschützers sogleich daran, eine Hauptstadt zu erbauen. Die Arbeit geht munter voran; Schottermauern werden errichtet, Lavaböden werden gezogen, an Stelle von Sand verwendet man Vulkanasche. Auf den einigermaßen begrünten Hügeln läßt man das Vieh weiden, während die Ziegen, Abenteurer von

---

[1] Die Spanier in Amerika hatten es schon lang zur Gewohnheit gemacht, an verdiente Einzelne ganze Inseln zu verschenken. Der Steuermann Juan Fernandez ließ sich eine Schenkungsurkunde auf die nach ihm benannte Insel geben und wohnte ein paar Jahre dort, lang vor Selkirks Besuch. Er soll aber schließlich auf seinem fürstlichen Lehen geradezu in Trübsinn verfallen sein und ist nach einiger Zeit aufs Festland zurückgekehrt und, wie berichtet wird, in der Stadt Lima ein äußerst geschwätziger Barbier geworden.

Natur, die Einöden des Landesinneren tief hinein erkunden und sich an hochwachsenden Kräutern ein dürftiges Futter suchen. Für die übrigen Bedürfnisse sorgen die reichlich vorhandenen Fische und Schildkröten.

Die bei jeder Siedlung in primitiven Gegenden unvermeidlichen Schwierigkeiten erhöhten sich in diesem Falle noch infolge des widerborstigen Wesens, das viele von den Pilgern an den Tag legten. Seine Majestät sah sich schließlich genötigt, das Standrecht auszurufen, und jagte und erschoß tatsächlich mit eigener Hand mehrere seiner aufsässigen Untertanen, die sich in zweideutiger Absicht im Innern der Insel niedergelassen hatten, von wo aus sie sich nachts heimlich davonstahlen, um barfuß die Mauern des Lavapalastes zu umschleichen. Dazu ist jedoch zu bemerken, daß man, ehe man zu solchen harten Maßregeln griff, die zuverlässigeren Leute sorgfältig ausgewählt und aus ihnen eine Leibgarde zu Fuß zusammengestellt hatte, die der berittenen Leibgarde der Hunde unterstellt war. Wie die politischen Zustände in dieser unglücklichen Nation beschaffen waren, kann man sich einigermaßen ausmalen, wenn man erfährt, daß alle jene, die nicht der Leibgarde angehörten, ausgesprochene Ränkeschmiede und üble Verräter waren. Nach einiger Zeit wurde die Todesstrafe stillschweigend abgeschafft, aus der rechtzeitigen Überlegung, daß bei Anwendung strikter Sportsmannsgerechtigkeit unter solchen Untertanen der König Nimrod binnen kurzem nur noch wenig oder gar kein jagdbares Wild übrig behalten hätte. Der menschliche Teil der Leibgarde wurde verabschiedet und mußte den Boden umgraben und Kartoffeln bauen; die reguläre Armee bestand somit nur noch aus dem Hunderegiment. Die Tiere waren, wie ich mir habe sagen lassen, von einer besonders wilden Wesensart, wenn sie auch in harter Zucht zum Gehorsam gegen ihren Herrn erzogen waren. Bis an die Zähne bewaffnet geht der Kreole seinen Staatsgeschäften nach, umgeben von seinen Hundejanitscharen, deren entsetzliches Gebell sich zum Niederhalten aller Aufstandsgelüste ebenso nützlich erweist, wie sonst nur Bajonette.

Indessen begannen die Ergebnisse der Volkszählung, bei denen sich die bislang angewandte Justiz und der nicht genügend geregelte eheliche Nachwuchs auswirkten, das Gemüt des Herrschers ernstlich zu beunruhigen. Auf irgendeine Weise mußte man die Bevölkerung vermehren. Der Umstand, daß die Charles-Insel etwas

Wasser besaß und einen verhältnismäßig anmutigen Anblick bot, trug ihr damals den gelegentlichen Besuch von fremden Walfängern ein. Seine Majestät hatte sie bisher stets mit Hafengebühren belegt und so einen Beitrag zu seinen Einkünften erlangt. Nun hegte er weiter reichende Pläne. Mit viel Kunst und List beschwatzt er dann und wann einen Seemann, daß er sein Schiff verläßt und auf seine Fahne schwört. Der Flüchtling wird vermißt; der Kapitän sucht um Erlaubnis nach, an Land zu gehen und ihm nachzusetzen. Seine Majestät versteckt zunächst den Flüchtigen mit aller Sorgfalt und gibt sodann die Nachsuche frei. Infolgedessen wird nie einer von den Delinquenten gefunden, und die Schiffe fahren unverrichteter Dinge ab.

So wurden vermöge einer zweischneidigen politischen Gebarung des einfallsreichen Monarchen fremde Nationen in dem Bestand ihrer Untertanen verkümmert, seine eigene dagegen stark vermehrt. Er hätschelte diese Überläufer unter den Fremden, so gut er konnte, aber wehe über die tiefgründigen Machenschaften ehrgeiziger Fürsten und wehe über die Vergänglichkeit des Ruhms! Wie die fremdstämmigen Prätorianer, die man unklugerweise in das römische Staatsgebilde eingelassen und noch unklugererweise zu Favoriten der Kaiser gemacht hatte, worauf sie sich dann empörten und den Thron stürzten, so erregten auch die zuchtlosen Seeleute, zusammen mit dem Rest der Leibgarde und dem übrigen Volkshaufen, eine schreckliche Meuterei und kündigten ihrem Herrn den Gehorsam auf. Er marschierte gegen sie mit seinen sämtlichen Hunden. Am Strand entspann sich eine Schlacht auf Tod und Leben. Sie tobte drei Stunden lang; die Hunde kämpften mit verbissenem Mut, und für die Seeleute galt Tod oder Sieg. Drei Mann und dreizehn Hunde blieben tot auf dem Schlachtfeld, auf beiden Seiten gab es viele Verwundete, und schließlich wurde der König mit seinem Hunderegiment in die Flucht geschlagen. Der Feind setzte hinterher und trieb die Hunde samt ihrem Herrn mit Steinen in die Wildnis des Landesinneren. Dann gaben die Sieger die Verfolgung auf und kehrten ins Dorf am Strand zurück, zapften die Schnapsfässer an und riefen eine Republik aus. Die toten Männer wurden mit militärischen Ehren bestattet, die toten Hunde schmählich ins Meer geworfen. Schließlich stieg auch, vom Mangel getrieben, der flüchtige Kreole von seinen Hügeln herab und erbot sich zu Friedensverhandlungen. Die Aufrührer ließen sich jedoch nur unter der Bedingung seiner vorbehaltlosen Verbannung darauf ein. So geschah es, und das nächste ankommende Schiff trug den Exkönig nach Peru von dannen.

Die Geschichte vom König der Charles-Insel liefert nur ein neues Beispiel dafür, wie schwierig es ist, unfruchtbare Inseln mit zuchtlosen Auswanderern zu besiedeln.

Sicher hat der vertriebene Monarch in seinem Asyl in Peru, wo er in ländlicher Beschaulichkeit lebte, lange Zeit jedes von den Encantadas ankommende Schiff belauert, um Nachricht zu hören vom Niedergang der Republik, von der darauffolgenden Reue der Aufrührer und seiner Rückberufung auf den Königsthron. Sicher war die Republik in seinen Augen nur ein elender Notbehelf, der bald zerplatzen würde. Aber nein, die Aufrührer hatten sich zu einer Demokratie zusammengetan, die weder griechisch noch römisch oder amerikanisch heißen durfte. Es war überhaupt keine Demokratie, sondern eine dauernde »Rebellokratie«, deren Stolz darin bestand, daß bei ihr statt Gesetz Gesetzlosigkeit herrschte. Allen Deserteuren wurden große Verheißungen gemacht, und so schwollen ihre Reihen an von hergelaufenem Gesindel aus sämtlichen Schiffen, die die Küste berührten. Die Charles-Insel galt ganz allgemein als Zuflucht für die Unterdrückten aller Flotten. Jeder davongelaufene Seebär wurde als Märtyrer der Freiheit, der guten Sache, willkommen geheißen und sogleich als zerlumpter Bürger dieser Universalnation anerkannt. Vergeblich blieben die Bemühungen der Kapitäne, ihrer Matrosen, die sich in die Büsche geschlagen hatten, wieder habhaft zu werden. Die neuen Landsleute setzten sich sofort für sie ein und waren durchaus willens, jedem Angreifer im Notfall ein blaues Auge zu schlagen. Kanonen hatten sie zwar nicht viele, aber auch mit ihren Fäusten war nicht zu spaßen. Schließlich kam es so weit, daß kein Schiff, das mit den Eigentümlichkeiten der dortigen Gegend vertraut war, mehr anzulegen wagte, auch wenn es aufs dringendste der Proviantierung bedurfte. Die Insel wurde zum verrufenen Land – ein Alsatia im Meer, dem Londoner Stadtteil Alsatia vergleichbar, wo die Gauner und Schuldner Freistatt genossen – und alle möglichen lichtscheuen Gesellen, die im Namen der Freiheit taten, was ihnen gefiel, trieben dort unangefochten ihr Wesen. Ihre Zahl wechselte beständig. Deserteure, die auf anderen

Inseln oder irgendwo in der Nähe im offenen Boot ihr Schiff verlassen hatten, steuerten die Charles-Insel an, weil sie dort einer Zuflucht sicher waren. Andere wieder, die das Leben auf der Insel satt bekamen, wechselten von Zeit zu Zeit auf eine der Nachbarinseln hinüber und gaben sich dort fremden Kapitänen gegenüber als schiffbrüchige Seeleute aus, wodurch es ihnen oftmals gelang, an Bord von Schiffen zu gelangen, die nach der Spanischen Küste fuhren, und dort an Land sogar noch Mitleid zu erwecken und Gegenstand barmherziger Sammlungen zu werden.

Als ich das erste Mal die Gruppe besuchte, trieb unser Schiff in einer warmen Nacht bei Windstille kaum merklich dahin, als plötzlich jemand auf der Back in den Ruf ausbrach: »Licht voraus!«. Wir liefen hinzu und sahen schräg voraus auf einem dunklen Landstreifen eine Bake mit einem Leuchtfeuer. Unser dritter Offizier kannte sich in jener Gegend nicht aus. Er ging zum Kapitän und sagte: »Sir, soll ich ein Boot klarmachen? Es müssen Schiffbrüchige sein.«

Der Kapitän lachte nicht schlecht; er schüttelte die Faust nach dem Feuer, fluchte etwas Wüstes vor sich hin und sagte: »Nee, nee, Ihr Galgenvögel, daraus wird nichts, daß Ihr mir bei Nacht und Nebel ein Boot an Land gaunert. Das könnte Euch so passen. Ihr Räuber, sanft und freundlich ein Licht hochziehen, daß man meinen soll, Ihr sitzt da in Seenot auf einer Sandbank. Wer ein bißchen helle ist, fällt darauf nicht herein – daß er womöglich losrudert und nach dem Rechten sieht. Nee, gerade umgekehrt: vorbeisteuern und von der Küste weghalten – das ist die Charles-Insel, also schleunigst aufbrassen und das Feuer steuerbords liegenlassen!«

Achte Skizze

Die Insel Norfolk und die Chola-Witwe

Auf einer Insel wurden sie gewahr
Ein edles Weib; sie saß allein am Strand,
Von Sorgen schwer, mit leidzerwühltem Haar,
Und schien in Weh und Jammer ganz gebannt
Und schrie nach Hilfe laut und unverwandt.

Schwarz sein Aug wie der Himmel bei Nacht,
Weiß sein Hals wie der Schnee am Tag,
Rot die Wange, wenn er früh erwacht –
Wie kalt er in der Erde lag!
   Mein Liebster ist tot,
   Den Schlaf er schläft – seht:
Dort, wo der Baum, der stille steht!

Aus Einsamkeit blüht mir dein Bild,
Die Träne sei dir dargebracht:
Geliebt, solang noch Leben quillt,
Beweint, solang noch Trauer wacht.

Weit im Nordosten der Charles-Insel, abgetrennt von den übrigen Inseln, liegt Norfolk. Es ist eine Insel, die den meisten Reisenden nicht viel bedeuten wird; für mich aber ist sie ein Gegenstand des Mitgefühls und in aller ihrer Einsamkeit ein Fleck Erde, geheiligt, weil sich die allerseltsamsten Menschenschicksale auf ihr zugetragen haben.

Es war meine erste Reise nach den Encantadas. Zwei Tage hatten wir an Land verbracht und Schildkröten gejagt. Viel Zeit hatten wir für dieses Geschäft nicht übrig; schon am dritten Nachmittag mußten wir wieder unter Segel gehen. Wir waren eben im Begriff loszuwerfen, der Anker war klargeholt, er hing noch und schwankte unsichtbar im Wasser, während unser gutes Schiff langsam sein Heck drehte, um die Insel hinter sich zu lassen; da machte der Matrose, der mit mir am Bratspill arbeitete, plötzlich eine Pause und lenkte meine Aufmerksamkeit auf etwas, was sich an Land bewegte, nicht unten am Strand, sondern etwas weiter entfernt in der Höhe. Von dort schien es zu winken und zu flattern.

Im Hinblick auf die Fortsetzung dieser kleinen Geschichte möge hier gleich berichtet werden, wie es geschehen konnte, daß ein Gegenstand, den wegen seiner Winzigkeit sonst kein Mensch an Bord bemerkte, doch meinem Kameraden am Bratspill aufgefallen war. Wir andern alle, auch ich, standen beim Hieven gegen unsere Speichen gestemmt, und drückten nach oben, während der bewußte Kamerad, der an diesem Tag einen ganz ungewohnten Arbeitseifer zeigte, bei jedem Ruck des wuchtigen Bratspills, eingeschirrt wie ein Pferd, oben auf das Spill sprang und ihm mit seiner gesamten Körperkraft eine nach unten gerichtete senkrechte Drehung mitteilte, wobei er mit weit aufgerissenen Augen, gleichsam in heiterster Gemütsbewegung, das langsam zurückweichende Ufer verfolgen konnte. Sein hoher Standort so hoch über allen andern brachte es mit sich, daß er den sonst nicht zu gewahrenden Gegenstand dennoch gewahrte, und die Erhöhung seines Blickpunktes wiederum verdankte er dem an diesem Tag so auffallenden Höhenflug seiner Laune – dieser jedoch, denn Wahrheit muß Wahrheit bleiben, leitete sich von einem Gemäß peruanischen Piscoschnapses her, das ihm unser Mulattensteward am selbigen Morgen zum Entgelt für irgend eine Gefälligkeit heimlich verabreicht hatte. Nun ist ganz gewißlich wahr, daß Pisco viel Unheil auf der Welt verschuldet. Wenn man aber sieht, daß er im gegenwärtigen Fall das, freilich indirekte Mittel zur Rettung eines menschlichen Wesens aus entsetzlichem Schicksal gewesen ist, muß man doch wohl zugeben, daß auch Pisco mitunter zum Guten führt.

Ich blickte also in der angedeuteten Richtung übers Wasser und sah etwas Weißes von einem Felsen hängen, vielleicht eine halbe Meile vom Meer entfernt im Innern der Insel.

»Es ist ein Vogel – ein Vogel mit weißen Flügeln – – vielleicht ein – – nein, nein – es ist – es ist ein Taschentuch!«

»Was, ein Taschentuch!« echote mein Kamerad und benachrichtigte mit einem lauteren Ausruf den Käptn.

In aller Eile schob man nun – es war wie das Ausfahren und Richten einer großen Kanone – das lange Kajütfernrohr durch die Kreuzmastwanten, von der hohen Plattform der Hütte aus, und alsbald stellte sich heraus, daß uns auf einem Felsen im Innern eine menschliche Gestalt mit dem vermeintlichen Taschentuch heftig Zeichen machte.

Unser Kapitän war ein rasch entschlossener, guter Mensch. Er ließ das Fernglas stehen, rannte gleich ganz angeregt nach vorn und befahl den Anker wieder fallen zu lassen. Im übrigen ließ er eine Bootsmannschaft antreten und ein Boot zu Wasser bringen.

Es war ein schnelles Boot und in einer halben Stunde war es wieder da. Es fuhr ab mit sechs und kam zurück mit sieben Personen; und die siebente war eine Frau.

Es ist nicht artistische Herzlosigkeit vor mir, aber ich wünschte, ich verstünde die Kunst, mit Farbstiften zu zeichnen. Diese Frau nämlich war ein höchst rührender Anblick, und Farbstifte, mit ihren weichen, schwermütigen Strichen, würden am besten das trauervolle Antlitz der dunkeldamasthäutigen Cholawitwe wiedergeben.

Ihre Geschichte war rasch erzählt und wurde auch, obwohl sie sie in ihrer eigenen fremdartigen Sprache berichtete, sofort verstanden, denn unser Kapitän verstand sich von seinen langen Handelsfahrten an der chilenischen Küste her recht gut auf das Spanische. Die Frau war eine Halbblutindianerin aus Payta in Peru, ein Mischling von der Art, die man Cholos nennt. Vor nunmehr drei Jahren war sie mit ihrem jungen, ihr eben vermählten Mann Felipe, der von reinem Kastilierblut gewesen sei, und ihrem einzigen Bruder, dem Indianer Truxill, auf einem französischen Walfänger in See gegangen. Ein munterer Bruder von einem Kapitän, so erzählte Hunilla, habe das Schiff befehligt; sein Bestimmungsort seien die Fischgründe jenseits der Verzauberten Inseln gewesen, und man habe ihnen versprochen, man werde jedenfalls in der Nähe der Gruppe vorbeikommen. Die Reisenden beabsichtigten, Schildkrötenöl zu sammeln, eine Flüssigkeit, die überall, wo man sie kennt, wegen ihrer großen Reinheit und Zartheit sehr geschätzt wird; an der Küste des Stillen Ozeans ist sie weit und breit bekannt. Mit einer Kiste Kleider, Werkzeuge und Kochgeschirr, dazu einer primitiven Vorrichtung zur Ölgewinnung, etlichen Fässern Schiffszwieback und anderem Zubehör, nicht zu vergessen zwei Lieblingshunde, wie sie die Cholos eigentlich alle besitzen, wurden Hunilla und ihre Gefährten richtig am von ihnen bezeichneten Ort abgesetzt. Der Franzose verpflichtete sich, wie es schon vor der Abreise kontraktlich festgelegt worden war, sie nach viermonatigem Kreuzen in den westlichen Gewässern auf seiner Heimreise wieder aufzunehmen; diese Frist schien den drei Wagehälsen für ihre Unternehmung gerade genügend.

Am einsamen Strand der Insel bezahlten sie ihn in Silber für die Hinreise, denn diese Bedingung hatte der Fremde dafür gestellt, daß er sie überhaupt mitnahm, wenn er auch seinerseits alles zu tun versprach, die Erfüllung des von ihm gegebenen Versprechens zu sichern. Felipe hatte lang darum gekämpft, die Zahlung bis zur Wiederkehr des Schiffs aufzuschieben, aber umsonst. Die Reisenden glaubten indessen auf andere Weise hinlänglich Sicherheit für das korrekte Verhalten des Franzosen in Händen zu haben. Es war nämlich mit ihm verabredet, daß die Heimreise nicht in Silber, sondern in Schildkröten zahlbar sein sollte: einhundert frisch gefangene Schildkröten sollten dem heimkehrenden Kapitän bereitgehalten werden. Die Cholos hatten sich vorgenommen, die geschuldete Anzahl nach Erledigung ihrer eigenen Geschäfte aufzubringen, um die Zeit, zu welcher der Franzose voraussichtlich wieder erscheinen würde. Sicher hatten sie dabei im vorhinein das Gefühl, sie würden in Gestalt der hundert Schildkröten, die vorderhand noch irgendwo im Innern der Insel herumwimmelten, einhundert Geiseln in Händen haben. Genug: das Schiff segelte ab, die drei auf ihrem Ausguck am Strand erwiderten das laute Festgeschrei der singenden Matrosen, und ehe es noch Abend war, war das französische Schiff im fernen Meer hinter der Kimmung verschwunden und nur die Masten zeichneten sich als drei hauchdünne Linien ab, die rasch aus Hunillas Blicken entschwebten.

Der Fremde hatte ein wohlgemutes Versprechen abgegeben und es mit Schwüren verankert. Aber es geht mit Schwüren wie mit Ankern: sie geraten ins Schleifen, und nichts ist so ausdauernd auf dieser trügerischen Erde wie im Leichtsinn gegebene Versprechungen, die nicht gehalten werden. Widrige Winde aus ungewissem Himmel, widrige Stimmungen seines wankelmütigen Herzens, vielleicht auch Schiffbruch und plötzlicher Tod in einsamen Meereswellen – was es auch immer gewesen sein mag, der frohgemute Fremdling zeigte sich jedenfalls niemals wieder.

Mochte hier das schauderhafteste Unheil im Anzug sein, die Cholos waren viel zu beschäftigt, als daß sich ihnen vorzeitig Befürchtungen in den Sinn geschlichen hätten. Ihre ganze Aufmerksamkeit war auf das mühevolle Geschäft gerichtet, dessenthalben sie hierher gekommen waren. Außerdem fügte es ein jähes Schicksal, das sich herbeischlich wie der Dieb in der Nacht, daß noch vor Ablauf von sieben Wochen zwei Mitglieder der kleinen Gesellschaft aller Sorgen von Land und Meer enthoben wurden. Sie brauchten fürder nicht mit fiebernder Angst oder schlimmer noch fiebernder Hoffnung in die Fernen des Horizonts zu starren; sie segelten, stillgewordene Geister, in die fernste Zukunft. In beharrlicher Arbeit unter der brennenden Sonne hatten Felipe und Truxill viele, viele Dutzende von Schildkröten in ihrer Hütte zusammengebracht und das Öl ausgekocht; nun freuten sie sich über ihren guten Erfolg und wollten sich eine kleine Entschädigung für ihre harte Arbeit gönnen, fertigten also, wohl allzuschnell, ein Catamaran oder indianisches Floß an, wie es an der Festlandsküste viel benutzt wird, und begaben sich guten Muts auf eine Fischpartie, unmittelbar jenseits eines langen, von vielen zerklüfteten Durchfahrten zerteilten Riffs, das in etwa einer halben Meile Entfernung der Küste entlang lief. Irgendeine unglückliche Flutwelle oder sonst ein Zufall, vielleicht auch die natürliche Unvorsichtigkeit fröhlicher Menschen (denn wenn man sie auch nicht hören konnte, so war doch aus ihren Bewegungen zu schließen, daß sie im fraglichen Augenblick fröhlich sangen) trieb sie im tiefen Wasser gegen die eiserne Schranke, das schlechtgebaute Floß kenterte und ging in Stücke. Breit hereinbrechende Wogen klemmten die beiden Bootsfahrer zwischen die zersplitterten Holzklötze und die scharfen Zähne des Riffs, und sie kamen beide vor Hunillas Augen ums Leben.

Vor Hunillas Augen versanken sie. Die Wirklichkeit des jammervollen Geschehens spielte sich vor ihrem Blick ab wie auf der Bühne ein zum Schein gespieltes Trauerspiel. Sie saß auf einem der kümmerlichen Schattenplätze unter verdorrtem Gestrüpp, hoch oben auf rauher Klippe, vom Strand ein wenig abgesetzt. Inmitten des Gestrüpps war für den aufs Meer hinausschauenden Blick ein schmaler Ausschnitt freigegeben wie durchs Gitterwerk eines hochgelegenen Balkons. An dem Tag aber, von dem wir sprechen, hatte Hunilla, um die kühne Fahrt der zwei Männer ihres Herzens besser verfolgen zu können, die Zweige auf einer Seite beiseite gezogen; ihre Hand war ausgestreckt und klammerte sich ans Gestrüpp. So bildeten die Zweige einen ovalen Rahmen, und in diesem Rahmen wogte die blaue unendliche See wie ein gemaltes Meerstück. Nicht nur das: nun malte der unsichtbare Maler Neues hinzu; er malte vor ihren Augen das Floß, von den Wellen hin- und hergestoßen und dann gesprengt; er malte die eben noch flachgestreckten Holzplanken schief und nach oben gesteilt wie gebrochene Maste, und die vier um ihr Leben ringenden Arme – man wußte nicht mehr, zu wem sie gehörten. Dann löste sich alles auf zu einem einzigen glatten Dahinströmen sämmig gelben Wassers; man sah nur noch das geborstene Floß sanft dahintreiben, gehört aber hatte man weder vorher noch jetzt auch nur einen Ton. Der Tod auf einem stummen Bild, ein bloßer Traum für das Auge, verschwebende Gestalten, wie sie die Fata Morgana zeigt.

So blitzschnell war die Szene vorübergehuscht, so traumhaft wirkte sie in ihrem sanften malerischen Effekt, so fern war sie von dem Auslugplatz und allem alltäglichen Erleben, daß Hunilla nur schaute und schaute und keinen Finger rührte, keine Klage anstimmte. Was konnte sie besseres tun als so stumm dasitzen und wie erstarrt hinausschauen auf das stumme Schauspiel – was hätte sie anderes tun sollen? Über den Meeresarm hin, eine halbe Meile breit, hätten ihre beiden wie verzaubert ausgestreckten Arme da den vier vom Schicksal verurteilten Armen Hilfe bringen können? Die Entfernung so groß, die Zeit zäh wie Sand im Stundenglas. Ist der Blitz herniedergefahren, kann nur ein Narr glauben, er könnte den Donner zum Stehen bringen. Felipes Leichnam wurde an Land gespült, aber Truxill kam nie zum Vorschein, nur sein farbenfroher geflochtener Hut aus goldenem Stroh, das Ding, hell und breit wie eine Sonnenblume, das er zum Gruß geschwenkt hatte, als sie vom Strand abstießen – und jetzt, ritterlich bis zum letzten, grüßte es sie immer noch. Und Felipes Leichnam, wie trieb er an den Strand? Den einen Arm ausgestreckt, in umfangender Gebärde. Das Gesicht war ihm verriegelt vom gestrengen Tod, aber als liebender Gatte umfing er immer noch die Braut, getreu bis in den Tod. So kann der Mensch Treue halten, und hast nicht du, Himmel, die Getreuen erschaffen, wie magst du selber treulos sein? Aber freilich, der kann die Treue nicht brechen, der sie nie gelobt hat.

Ich brauche nicht zu sagen, welch namenloser Jammer die verlassene Witwe umfing. Wenn sie ihre Geschichte erzählte, kam sie darauf fast gar nicht zu sprechen, sondern berichtete nur die Tatsachen. Aus dem, was ihr Antlitz hinzufügte, konnte man sich das Nötige zurechtlegen; aus ihren Worten aber hätte man niemals vermuten mögen, daß Hunilla selbst die Heldin der Geschichte war. Gelungen ist es ihr freilich nicht, uns um den Zoll unserer Tränen zu betrügen. Aller Herzen bluteten, daß es Jammer gab, der so tapfer war.

Sie zeigte uns nur den Deckel ihrer Seele und die seltsamen Chiffern, die darauf eingraviert standen; das Innere aber verbarg sie uns, aus stolzer Scheu. Mit einer einzigen Ausnahme. Einmal streckte sie vor unserem Kapitän die schmale, olivbraune Hand aus und sagte in weichem, in unendlich langsamem Spanisch: »Sennor, ich hab ihn begraben«. Darauf eine Pause, ein Ringen wie gegen die Umschlingung eines Schlangenleibs und plötzlich, zusammengekrümmt, ein Aufbegehren in leidenschaftlichem Schmerz, immer wieder: »Ich hab ihn begraben, mein Leben, meine Seele!«

Sicher ist es mit halb unbewußten, mechanischen Bewegungen der Hände geschehen, als die Schwermutvolle ihrem Felipe den letzten Dienst erwies und ein rohes Kreuz aus vertrockneten Stecken – denn grünes Holz fand sich nirgends – über seinem einsamen Grab errichtete. Da ruhte er nun, klaglos fortan, am stillen Friedensort, er, den die friedlose See zerschmettert hatte.

Für Hunilla aber war die Sorge nicht zu Ende: das dumpfe Gefühl bedrängte sie, daß noch ein Leichnam zu begraben sei, daß noch ein Kreuz über einem Grab – einem noch gar nicht bereiteten Grab – geweiht werden müsse; es war eine unbestimmte Not und Pein für sie, daß sie ihren Bruder nicht gefunden hatte. An den Händen noch die frische Erde des aufgewühlten Grabs, kehrte sie langsam zum Strand zurück und hing mit gebanntem Blick an den ruhelosen Wellen, indes ungestaltete Vorsätze sie hin und wider trieben. Die See trug ihr nichts zu, nur eintönigen Trauersang, und der eben marterte sie, denn sie mußte denken: hier trauert ein Mörder. Die Zeit verging, das Erlebte stellte sich ihr allmählich nicht mehr so völlig in Traumesgestalt dar, und nun trieb sie die tiefe Überzeugtheit ihres katholischen Glaubens, der ja auf ein geweihtes Grabmal so besonderen Wert legt, daß sie ganz überlegt und ernsthaft die fromme Suche begann, die sie ursprünglich in einem Zustand der Traumwandlerei betrieben hatte. Tag für Tag, Woche für Woche rannte sie an der Schlackenhalde der Bucht auf und ab, bis schließlich ein doppelter Wunsch ihren spähenden Blick schärfte. Gleich sehnsüchtig schaute sie nach dem Lebenden und nach dem Toten aus: nach dem Bruder und nach dem Kapitän, die doch beide gleichermaßen verschwunden waren und nie wiederkehren würden. Vom Stand der Zeit hatte Hunilla bei den ihr widerfahrenen Erschütterungen nur flüchtig Notiz genommen, und außer der inneren Uhr diente ihr kaum etwas zum Kalender und Zifferblatt. Wie schon dem armen Crusoe in dieser selben Meeresgegend, so half auch ihr kein geweihtes Glöcklein den Vorübergang von Wochen und Monden einteilen; jeder Tag verfloß gleich ungerufen; kein Hahnenschrei verkündete den schwülen Morgen, kein Viehgebrüll den gifteschweren Abend. Von allen gewohnten, stets wiederkehrenden Geräuschen – den menschlichen und den aus gutem Menschenumgang menschlich gewordenen – störte nur eins den hitzedürren Traum: das Winseln der Hunde. Sonst drang nur die rollende See an ihr Ohr, in allesdurchdringender Monotonie, und für die Witwe war dies von allen Stimmen die am wenigsten geliebte.

Kein Wunder, daß bei der steten Wanderschaft ihrer Gedanken zu dem vermißten Schiff und fruchtlos wieder zurück, daß bei diesem Ringen der Hoffnung wider alle Hoffnung schließlich eine Stimme in ihr wach wurde und verzweifelt sprach: »Noch nicht, noch nicht! mein töricht Herz rennt allzu schnell.« Also zwang sie sich und übte Geduld für weitere Wochen. Ist ja auch für den, den die Erde mächtig an sich saugt, kein Unterschied mehr zwischen Geduld und Ungeduld.

Erst jetzt suchte Hunilla sich völlig klar zu machen, und zwar bis auf die Stunde genau, wie lang es her sei, seit das Schiff abgesegelt war, und dann, eben so genau, wie lang die Zeit sei, die sie noch zu warten habe. Es gelang ihr nicht. Welchen Tag, welchen Monat man schrieb, wußte sie nicht zu sagen. Die Zeit umgab sie wie ein Labyrinth, ohne Ausweg.

Und nun folgt –

Ganz gegen meine Absicht senkt sich hier eine Pause über mich. Wer weiß, ob nicht von der Natur in Geheimniszustand versetzt wird, wer bei gewissen Dingen Mitwisser war. Mindestens muß man sich fragen, ob es gut tut, von solchen Dingen groß Wesen zu machen. Wenn man schon gewisse Bücher verderblich nennt und ihren Verkauf untersagt, wie steht es dann mit dem Tödlicheren, der Wirklichkeit, die mehr ist als müßiges Geschwätz der Träumer? Wen schon Bücher schädigen, der wird gegen Wirklichkeit ganz gewiß nicht gefeit sein. Wirklichkeit, nicht Bücher sollte man verbieten. Freilich, der Mensch säet allerwege in den Wind, der wehet, von wannen er will, ob zum Guten oder Bösen, das kann der Mensch nicht wissen. Oft kommt Böses aus Gutem, wohl auch Gutes aus Bösem.

Als nun Hunilla –

Grausamer Anblick, wenn ein Raubtier auf Seidenpfoten lang herumtändelt mit der goldnen Eidechse, die es verschlingen wird. Schrecklicher noch der Anblick, wie auch das Schicksal, dieses Katzentier, manchmal mit der Menschenseele spielt und ihr in argem Zauber eingibt, eine nur zu gesunde Verzweiflung mit ungesunder Hoffnung zu verscheuchen. Unwillkürlich fröne auch ich in diesem Augenblick der Katzenart und spiele zögernd mit der Seele meines Lesers: ist nämlich kein Mitgefühl in ihm, so liest er vergebens.

»Heute fährt das Schiff, heute«, so sprach Hunilla schließlich zu sich. »Damit hab ich einen sicheren Zeitpunkt; ohne Sicherheit verliere ich den Verstand. Unsicher und unwissend war ich und habe gehofft und gehofft; jetzt weiß ich Bescheid, und jetzt will ich warten. Jetzt erst lebe ich und verderbe nicht mehr in der Irre. Heilige Jungfrau, steh mir bei! Du wirst das Schiff zurückführen zu mir. Oh ihr endlosen, zähen Wochen, Zeit ohne Ende, – für die Sicherheit, die ich heute bekam, geb ich euch gern dahin, wenn ich euch auch losreißen muß von mir.«

Seeleute, die vom Sturm auf einen verlassenen Klippenrand gespült werden, flicken sich ein Boot zurecht aus den Überresten ihres Wracks und wagen sich von neuem hinaus auf die mörderische See. So kommt mir auch Hunilla vor, wie sie, einsam und schiffbrüchig auch sie, aus ihrer Preisgegebenheit die Stimme des Vertrauens erhebt. Menschengeschöpf, du Wesen voller Kraft, dich lobe ich, nicht wo du Sieger bist und lorbeergekränzt, sondern hier in dieser Besiegten.

Es ist wahr, Hunilla hatte ein Ding zur Hilfe: ein Rohr, eine richtige Rohrflöte, dies Wort nicht bildlich verstanden, sondern ein echtes Stück Bambusrohr. Ausgehöhlt war es von unbekannten Inseln hier angetrieben, und sie hatte es am Strand gefunden. Die ehemals ausgezackten Ränder waren glatt und ebenmäßig gerieben wie mit Sandpapier; die goldgelbe Glasur war verschwunden. Lang war es zwischen Meer und Land hin und her gemahlen worden wie zwischen oberem und unterem Mahlstein; die Schicht unterm Firnis lag bloß und trug bereits eine neue Politur, eine Glätte aus sich selbst, eine Glätte des Leidens. Kreisrunde Furchen hatten sich in gewissen Zwischenräumen rund über die Oberfläche des Gebildes gegraben und teilten es in sechs Felder von ungleicher Länge. Auf dem ersten waren die Tage angemerkt, jeder zehnte mit einer längeren und tieferen Kerbe. Auf dem zweiten stand die Anzahl der Vogeleier verzeichnet, die Hunilla zur Nahrung aus den Felsennestern der Seevögel aufgelesen hatte. Das dritte lehrte, wieviel Fische sie am Strand gefangen, das vierte, wieviel kleine Schildkröten sie im Innern gefunden hatte. Auf dem fünften standen die Sonnentage, auf dem sechsten die bewölkten; diese bildeten von beiden das größere Register. Lang war die Nacht, wenn sie emsig zählte und rechnete, eine Rechenkunst des Elends, auf daß ihrer allzu wachen Seele Müdigkeit und Schlummer zuwüchsen. Aber Schlummer fand sie fast nie.

Das Feld mit den Tagen war stark abgewetzt, die langen Zehntagestriche waren halb verwischt, wie Buchstaben im Blinden- *abc*. Zehntausendmal hatte die trauernde Witwe ihre Finger über das Bambusrohr spielen lassen – die stumme Flöte, die man wohl spielen, aber nicht tönen lassen konnte – als ob man mit dem Zählen der am Himmel vorüberfliegenden Vögel dem Gekriech der Schildkröten im Wald Eile einflößen könnte.

Nach dem einhundertundachtzigsten Tag fand sich keine Eintragung mehr. Die letzte war die schwächste; die erste hatte am tiefsten gegraben.

»Aber es waren doch noch mehr Tage«, sagte unser Kapitän. »Viel, viel mehr Tage noch! Warum hast du sie nicht weiter eingezeichnet, Hunilla?«

»Sennor, fragen Sie mich nicht!«

»Und die ganze Zeit ist kein Schiff vorbeigekommen?«

»Aber nein, Sennor – nur ...«

»Du sprichst nicht, Hunilla! Was: nur ...?«

»Fragen Sie mich nicht, Sennor.«

»Du hast weit draußen Schiffe vorbeifahren sehen – du hast gewinkt – sie sind vorbeigefahren – war es so, Hunilla?«

»Sennor, es sei, wie Sie sagen.«

Bis zum Zerbrechen angespannt im Kampf gegen ihren Schmerz wollte Hunilla wohl, (und konnte auch) ihrer schwachen Zunge wenig trauen. Als unser Kapitän sie fragte, ob wenigstens Walfängerboote –

Aber nein, ich will diese Sache nicht glatt und säuberlich zu Ende erzählen, damit womöglich der kalte Spötter sich daran erlustiert und alles nach seinem Gutdünken auslegt. Die andere Hälfte möge unerzählt bleiben. Die zwei namenlosen Ereignisse, die Hunilla auf der Insel noch zustießen, sollen ein Geheimnis bleiben zwischen ihr und ihrem Gott. Gewisse Wahrheiten auszusprechen, kann Verleumdung bedeuten, in der Natur wie vor dem Gesetz.

Eins freilich muß hier erklärt werden, bevor die Erzählung fortgesetzt wird: wie es nämlich möglich war, daß unser Schiff drei Tage in der Nähe der Insel ankerte und doch von dem einzigen menschlichen Bewohner erst in dem Augenblick entdeckt wurde, als es eben im Begriff war abzusegeln und nie wieder an dieses einsame, entlegene Stückchen Erde zu kommen.

Die Stelle, wo der französische Schiffer die kleine Gesellschaft an Land gesetzt hatte, befand sich am entferntesten entgegengesetzten Ende der Insel. Dort hatten sie auch später ihre Hütte errichtet, und nichts lag der Witwe in ihrer Einsamkeit ferner als den Ort zu verlassen, wo ihre Lieben mit ihr gewohnt hatten und wo der ihrem Herzen liebste von den zweien seinen ewigen Schlaf schlief – und all ihr Klagen erweckte ihn nicht, und war doch im Leben von allen Gatten der treuste gewesen.

Nun erhebt sich zwischen den beiden Enden der Insel ein zerrissener Höhenzug. Ein auf der einen Seite ankerndes Schiff ist von der andern aus nicht zu sehen. Man darf sich auch die Insel nicht gar zu klein vorstellen; es könnte sehr wohl ein erklecklicher Haufe Menschen tagelang durch die Wildnis der einen Seite wandern und trotzdem von einem auf der andern verweilenden Fremdling weder gesehen noch bei allem Geschrei gehört werden. So hätte Hunilla, die natürlicherweise das Eintreffen von Schiffen immer nur auf ihrem Teil der Insel in den Bereich des Möglichen zog, bis zum Ende in völliger Ahnungslosigkeit über die Gegenwart unseres Schiffs bleiben können, wenn ihr nicht (so wollte es wenigstens die unter unseren Matrosen verbreitete Lesart) durch die verzauberte Luft der Insel eine geheimnisvolle Ahnung zugetragen worden wäre. Die Erklärung, die Hunilla selber gab, strafte diese Behauptung jedenfalls nicht Lügen.

»Und warum hast du gerade an dem Morgen die Insel überquert, Hunilla?« fragte unser Kapitän.

»Etwas ist an mir vorübergehuscht, Sennor. Es hat meine Wange berührt, Sennor, oder mein Herz.«

»Was sagst du da, Hunilla?«

»Ich habe gesagt, es ist etwas durch die Luft gekommen, Sennor.«

Es war der letzte Augenblick. Als Hunilla bei ihrem Marsch quer durch die Insel das Hochland im Zentrum erreichte, wird sie wohl zum erstenmal unsere Masten erblickt haben, und da muß ihr klar geworden sein, daß die Segel schon losgemacht waren; vielleicht hat sie auch, mitsamt seinem Widerhall, den Männergesang vom Bratspill her gehört. Das fremde Schiff wollte absegeln, und sie würde zurückbleiben. In voller Hast steigt sie auf unserer Seite den Abhang hinab, aber nun schwindet ihr das Schiff aus dem Gesicht und versinkt hinter dem niedrigen Gestrüpp zu Füßen des Bergs. Sie arbeitet sich mühsam durch die dürren Zweige, die bei jedem Schritt ihren Pfad versperren wollen, und kommt schließlich an den einzelnen Felsen, immer noch eine ganze Strecke vom Wasser entfernt. Sie steigt hinauf, sie will sich vergewissern. Das Schiff ist noch deutlich sichtbar. Aber in diesem Augenblick meint Hunilla, ganz erschöpft von übergroßer Anspannung, sie müsse in Ohnmacht sinken; sie wagt nicht mehr den Abstieg von dem schwindelnden Sitz. Am liebsten möchte sie einfach stillsitzen, da wo sie ist, und in letzter Not reißt sie sich das Tuch vom Kopf, schüttelt es auf und läßt es übers Unterholz wehen, damit wir es bemerken sollen.

Während sie ihre Geschichte erzählte, bildeten die Matrosen einen stummen Kreis um Hunilla und den Kapitän. Als dann schließlich der Befehl ausgegeben wurde, das schnellste Boot zu bemannen und auf die andere Seite der Insel zu rudern, wo noch Hunillas Spind und das gesammelte Schildkrötenöl lag, da wurde mit einer Willigkeit, einem halb heiteren halb traurigen Eifer gehorcht, wie man es selten erlebt hatte. Man fackelte nicht lang. Der Anker war bereits wieder auf Grund gelassen, und das Schiff schwoite ruhig vor dem Ankertau.

Hunilla ließ es sich nicht nehmen, das Boot zu begleiten, da man ohne ihre Führung die verborgene Hütte nicht finden werde. Sie bekam das Beste vorgesetzt, was der Steward zu bieten hatte, und machte sich alsdann mit uns auf den Weg. Nie hat die Gattin eines großen Admirals in der Barkasse ihres Mannes soviel stille Ehrerbietung, soviel Achtung genossen wie die arme Hunilla bei den Leuten in unserem Boot.

Wir mußten manches glasig schimmernde Vorgebirge, manche Steilküste umrunden und gelangten schließlich nach zwei Stunden ins Innere des verhängnisvollen Riffs, arbeiteten uns in eine verschwiegene kleine Bucht vor, sahen eine grüne, vielgiebige Lavawand über uns und erblickten schließlich die einsame Wohnstatt der Insel.

Sie hing auf vorspringender Klippe, auf zwei Seiten vom engverschlungenen Dickicht geschützt und auf der Vorderfront dem Blick halb entzogen von dem davorgesetzten rohen Treppenaufgang, über welchen man vom Meer aus den Abhang erstieg. Die Hütte war aus Rohr gebaut; gedeckt war sie mit langem, schimmeligem Gras. Auf den ersten Blick mußte man an einen verlassenen Heuschober denken, dem nur die heumachenden Bauern fehlten. Das Dach war nach einer Seite geschrägt; die Traufen reichten bis zwei Fuß breit über die Erde. Hier war eine einfache Vorrichtung angebracht zum Sammeln des Taus, oder man muß besser sagen des zweifach destillierten und gesiebten Regens, wie ihn der Nachthimmel, man weiß nicht recht ob aus Mitleid oder im Hohn, zuweilen auf die unseligen Encantadas herabfallen läßt. Unterhalb der Traufe, ihrer ganzen Länge nach, war ein fleckiges, vom Wetter ausgelaugtes Laken ausgespannt und an kurzen, senkrecht im flachen Sand steckenden Pflöcken befestigt. Ein in das Laken geworfener Schotterbrocken ließ das Tuch in der Mitte nach unten durchsacken, so daß alle Feuchtigkeit in einen darunter aufgestellten Flaschenkürbis ablief. Aus diesem Gefäß kam jeder Tropfen Wasser, den die Cholos auf der Insel je zu trinken bekommen hatten. Wie uns Hunilla sagte, kam es manchmal, aber nicht allzuoft vor, daß sich der Kürbis über Nacht zur Hälfte füllte. Er faßte vielleicht sechs Quart. »Aber«, sagte sie, »an Durst waren wir gewöhnt. In unserer Sandkiste, in Payta, wo ich zu Hause bin, fällt überhaupt nie Regen. Dort kommt alles Wasser mit Maultieren aus den Tälern im Innern.«

Im Gestrüpp angebunden fanden sich etwa zwanzig Schildkröten, Hunillas versteckte Speisekammer. Hunderte zu Scheiben geschälter großer schwarzer Panzer lagen überdies herum, wie verschleppte und zerstreute Grabsteine aus dunklem Schiefer. Es waren die Rückenschilder der großen Schildkröten, aus denen Felipe und Truxill ihr kostbares Öl gewonnen hatten. Mehrere große Kalabassen und zwei ansehnliche Fäßchen waren damit gefüllt. In einem Topf lagen die fest gewordenen Krusten eines letzten Quantums, das man hatte verdunsten lassen. »Am nächsten Tag wollten sie es auskochen«, sagte Hunilla und wandte sich zur Seite; Das sonderbarste von allen Bildern habe ich zu erwähnen vergessen, obwohl es uns nach unserer Landung als erstes grüßte.

Zehn kleine, weichhaarige, rundlockige Hunde, aus einer schönen, in Peru heimischen Rasse, stimmten ein fröhliches Begrüßungskonzert an, als wir an der Bucht anlegten, und wurden von Hunilla ihrerseits begrüßt. Von den Hunden waren einige als Nachkommen des aus Payta mitgebrachten Pärchens erst während Hunillas Einsiedelei auf der Insel zur Welt gekommen. Angesichts der zerrissenen Steilhänge und Schluchten, des undurchdringlichen Dickichts, der Sprünge und gefährlichen Irrpfade im Innern ließ es Hunilla, nachdem ihr ein Lieblingshund verloren gegangen war, niemals mehr zu, daß die empfindlichen Geschöpfe ihr bei ihren gelegentlichen Klettereien nach Vogelnestern und ihren sonstigen Wanderungen folgten. Aus langer Gewohnheit hatten sie auch an diesem Morgen nicht mitgewollt, als Hunilla über Land ging, und sie selbst war innerlich viel zu sehr mit anderem beschäftigt, als daß sie das Zurückbleiben der Tiere beachtet hätte. Sonst aber waren sie ihr so ans Herz gewachsen, daß sie sie nicht auf die wenige Feuchtigkeit beschränkte, die sie am frühen Morgen aus den kleinen Felslöchern in der Nähe herausleckten, sondern regelmäßig den Inhalt ihrer Kalabasse mit ihnen teilte. Sie hatte es auch immer verschmäht, sich einen Vorrat für die lang anhaltenden unbarmherzigen Dürrezeiten anzulegen, die in der schlechten Jahreszeit die Inseln verheeren.

Sie gab auf unseren Wunsch an, welche Dinge sie gern zum Schiff wollte bringen lassen – ihr Spind, das Öl, nicht zu vergessen die lebenden Schildkröten, die sie unserem Kapitän zum Dank zu schenken gedachte – und wir machten uns sogleich an die Arbeit und trugen die Gegenstände die lange, steile Treppe auf schattendunklem Felsgrund hinunter ans Boot. Indes meine Kameraden noch beschäftigt waren, schaute ich mich einmal um und sah, daß Hunilla verschwunden war.

Nicht nur Neugierde allein, möchte ich glauben, sondern auch noch ein anderes Gefühl in meiner Brust ließ mich meine Schildkröte beiseitesetzen und langsam meinen Blick rundum schweifen. Der Mann fiel mir ein, den Hunilla mit ihren Händen begraben hatte. Ein schmaler Pfad führte in einen dichteren Teil des Gestrüpps. Ich folgte ihm, so sehr er in die Irre zu führen schien, und gelangte, wo das Unterholz am dichtesten war, auf einen kleinen runden, offenen Platz.

In der Mitte erhob sich der Hügel. Es war ein kahles Häuflein aus wunderbar feinem Sand, dem von keinem Grün verunzierten Kegelchen ähnlich, das man auf dem Grunde einer abgelaufenen Sanduhr findet. Zuhäupten stand das Kreuz aus vertrockneten Stecken; überall faserte noch die trockene, spröde Rinde ab. Das Querholz war mit Tau festgebunden und ragte jammervoll schief in die schweigsame Luft.

Hunilla lag halb hingestreckt über dem Grab. Ihr dunkler Kopf war nach vorn gesunken und unter dem langen, indianischen Haar kaum zu erkennen. Die Hände streckten sich nach dem Fußende des Kreuzes aus; sie hielten selbst ein kleines Messingkreuz umklammert: ein Kruzifix, an dem keine Darstellung mehr zu erkennen war, wie wenn ein alter geschnitzter Türklopfer allzulang vergebens gegen eine Pforte geschlagen worden ist. Sie sah mich nicht; ich machte auch kein Geräusch, sondern stahl mich lautlos von dannen.

Wenige Augenblicke, bevor wir zur Abfahrt klar waren, erschien sie wieder in unserer Mitte. Ich blickte ihr ins Auge, sah aber keine Träne. In ihrer Miene war etwas, ich möchte sagen seltsam Hochmütiges; dabei war es doch immerfort ein Antlitz voller Schmerz. Ein spanischer und indianischer Schmerz; ein Schmerz, der nicht sichtbar klagen mag. Der höchste Stolz, umsonst hinabgewürdigt aufs Streckbett der Martern; Stolz der Natur, der mächtiger ist als alle Qual der Natur.

Wie kleine Diener umgaben sie die kleinen, seidigen Hunde, als sie langsam zum Strande niederstieg. Die zwei, die sich am nächsten drängten, nahm sie auf den Arm: »Mia Teeta! Mia Tomoteeta!« – und dabei streichelte sie sie und fragte uns, wie viele wir an Bord nehmen könnten.

Unser Steuermann war als Offizier auf dem Boot mitgefahren; er war kein hartherziger Mensch, aber sein Lebenszuschnitt war so, daß in den meisten Angelegenheiten, auch in den kleinsten und unwichtigsten, die einfache Nützlichkeit ihn bewegte.

»Wir können sie nicht alle mitnehmen, Hunilla, unsere Vorräte sind knapp. Auf den Wind kann man sich auch nicht verlassen; es kann ziemlich lang dauern, bis wir in Tombez sind. Nimm die zwei, die du auf dem Arm hast, Hunilla, aber nicht mehr.«

Sie saß im Boot; auch die Ruderer hatten Platz genommen bis auf einen, der bereitstand abzustoßen und nachträglich mit aufzuspringen. Mit dem Scharfsinn, der ihnen eigentümlich ist, schienen die Hunde jetzt zu bemerken, daß man sie im nächsten Augenblick an einem unfruchtbaren Strand allein zurücklassen werde. Das Boot war hochbordig und der nach dem Land schauende Bug war schon losgemacht. Das Wasser aber schienen die Tiere instinktiv zu scheuen, und so konnten sie nicht gut in unser kleines Fahrzeug gelangen. Aber mit den Pfoten kratzten sie, so gut sie sie erreichen konnten, an der Bootswand, als wäre es die Tür eines Bauernhauses und man hätte sie bei winterlichem Schneesturm vom warmen Obdach ausgeschlossen. Ihr Gekläff klang deutlich nach Furcht und Besorgnis. Es war kein Geheul und kein Gewinsel; es war wie Menschensprache.

»Zurück! Und los!« rief der Steuermann. Das Boot knirschte schwer über den Grund und schoß gleich darauf in rascher Fahrt vom Strand weg, wendete und flog gleichmütig von dannen. Die Hunde rannten heulend am Rand des Wassers entlang; manchmal verstummten sie und blickten dem fliehenden Boot nach, dann rafften sie sich zusammen und begannen eine Art Verfolgung, hielten aber, wie von einem geheimnisvollen Befehl gerufen, wieder an und verfielen aufs neue in ihr zielloses Kläffen und Herumrennen am Strand. Wären es Menschen gewesen, sie hätten nicht lebhafter das Gefühl der Verlassenheit ausdrücken können. Die Riemen flogen wie zwei Federschwingen an einem Vogelleib. Niemand sprach. Ich schaute zum Strand zurück und dann blickte ich Hunilla an, aber ihr Gesicht war wie zugedeckt von einer düsteren, unverbrüchlichen Ruhe. Die beiden Hunde in ihrem Schoß leckten ihr die rauhen Hände. Sie beachtete sie nicht. Sie schaute sich nicht um; sie saß regungslos da, bis wir um ein Vorgebirge bogen und den Anblick und Lärm hinter uns ließen. Sie sah aus wie ein Mensch, der das Tödlichste erduldet hat und dem es recht ist, wenn von nun an die geringeren Dinge, die kleineren Fäden der Zärtlichkeit einer nach dem anderen zerreißen. Schmerz muß sein, so sagte sie sich wohl; also mußte auch jeder Schmerz bei anderen Wesen, mochten sie in Liebe und Mitgefühl ihr angehören, ohne Widerstand ertragen werden. Ein sehnsuchtsvolles Herz in einem Gehäuse aus Stahl. Ein Herz voll irdischer Sehnsucht, abgetötet vom Frost, der vom Himmel fällt.

Der Rest der Geschichte ist rasch erzählt. Nach einer langen Überfahrt, bei der uns Flauten und lästige Winde zu schaffen machten, erreichten wir den kleinen peruanischen Hafen Tombez, um dort unser Schiff zu überholen. Von dort nach Payta war es nicht weit. Unser Kapitän verkaufte das Schildkrötenöl an einen Händler in Tombez; zu dem Erlös kam noch eine Spende, zu der alle Mann beigetragen hatten. Die stille Mitreisende aber, die den Betrag erhielt, wußte nichts von der Fürsorge der Matrosen.

Der letzte Anblick, den wir von der verlassenen Hunilla hatten, war so: Sie verließ Tombez in Richtung nach Payta, auf einem grauen Eselchen reitend, und vor sich, auf den Schultern ihres Reittiers, beobachtete ihr starrer Blick das Auf und Ab, das Schwanken und Hinundwidergleiten des unsichtbaren Kreuzes, das des Esels Wappenbild ist.

Neunte Skizze

Die Insel Hood und der Einsiedel Oberlus

Sie dringen ein in dunkle Felsenschlucht
Und werden eines Fremdlings dort gewahr:
Er hockt in Leid versunken, wie verflucht;
Lang und verwildert hängt ihm graues Haar
Bis zu den Schultern und vors Antlitz gar,
Daß keiner ihm ins Auge blicken kann –
Das starrt verwirrt und allen Glanzes bar.
Wie Totenkopf sieht sich sein Antlitz an,
Vor Hunger ganz entfleischt ist dieser Mann.
Und statt der Kleider müssen bunte Flecken,
Ein Lumpenzeug, mit Dornen zugesteckt,
Ihm seine Blöße kümmerlich bedecken.

Südöstlich von der Croßman-Insel liegt Hood, auch als McCains Umwölkte Insel bekannt, und dort findet sich, auf der Südseite, eine kleine Bucht mit spiegelglatten Felswänden und einem Stück offenen Strands aus dunkler, kleingeschotterter Lava namens Schwarzer Strand oder Oberlus' Landungsplatz. Charons Landeplatz würde besser gepaßt haben.

Der Platz erhielt seinen Namen nach einem wilden, wenn auch weißrassigen Geschöpf, das viele Jahre hier lebte. Ein Mann aus Europa brachte in diese wüsten Regionen Sitten von einer Teufelei, wie man sie sonst bei den Menschenfressern ringsum vergeblich suchen würde.

Es mag fünfzig Jahre her sein, da desertierte der besagte Oberlus auf der Insel, die damals ebenso wie heute völlig unbewohnt war. Er baute sich eine Meile von dem später nach ihm benannten Landeplatz entfernt in einem Tal, oder besser gesagt einer an dieser Stelle etwas breiter eingeschnittenen Schlucht, aus Lava und Schottersteinen ein Gelaß. Zwischen den Felsen gab es hier ein oder zwei Tagwerk Erde, die für den gröbsten Ackerbau tauglich waren: es war der einzige Fleck auf der Insel, der für diesen Zweck nicht allzu exponiert lag. Hier gelang es Oberlus tatsächlich, so etwas wie aus der Art geschlagene Kartoffeln und Kürbisse zu ziehen, und ab und zu tauschte er sie bei bedürftigen Walfängern gegen Alkohol und Dollars um.

Seinem Aussehen nach wirkte er, wenn den Berichten zu trauen ist, wie das Opfer einer bösen Fee. Er schien von Kirkes Zaubertrank genossen zu haben, denn er wirkte tierhaft und seine Lumpen bedeckten nur unzulänglich seine Blöße. Seine rötliche Haut war vom beständigen Sonnenbrand entzündet, seine Nase platt, seine Gesichtszüge schief, plump und gleichsam artig, Haare und Bart ungeschoren, üppig und von brandigem Rot. Wer ihn noch nicht gesehen hatte, kam unwillkürlich auf die Vorstellung, er müsse ein vulkanisches Geschöpf sein, das gleichzeitig mit der Insel selbst von einem Erdausbruch ans Licht des Tages geschleudert worden war. Lag er aber zusammengerollt und notdürftig mit Lumpen bedeckt schlafend in seiner einsamen Lavahöhle, dann soll er einen Anblick geboten haben wie ein Häuflein zusammengewehtes dürres Laub, vom wilden Nachtwind von den Herbstbäumen gerissen und in einem Augenblick des Innehaltens in einen verborgenen Winkel gewirbelt, während draußen das unbarmherzig-launische Windesspiel an anderer Stelle seinen Fortgang nimmt. Einen nicht minder seltsamen Anblick soll Oberlus geboten haben, wenn er an einem schwülen, wolkigen Morgen, unter einem schauderhaften alten schwarzen Segeltuchhut verborgen, in seinem Lavagarten stand und Kartoffeln hackte. So krumm und verzogen war alles an dem wunderlichen Geschöpf, daß in seinen Händen sogar der Griff der Hacke allmählich eingeschnurrt und krumm geworden zu sein schien und sich als ein kümmerliches Stück Krummholz darbot, das mehr vom Ellbogen her, wie eine primitive Kriegssichel, als nach Art einer ordentlichen Kartoffelhacke zu handhaben war. Bei der ersten Begegnung mit einem Fremden hatte er rätselhafterweise die Gewohnheit, dem Besucher beständig den Rücken zuzuwenden, vielleicht aus dem Grunde, weil diese Seite am wenigsten von ihm aussagte und insofern seine bessere Schauseite war. Spielte sich die Begegnung in seinem Garten ab – denn neugelandete Besucher gingen gewöhnlich vom Strand sofort die Schlucht hinauf, um den schrulligen Grünkrämer aufzuspüren, von dem die Sage ging, er arbeite dort oben – dann fuhr Oberlus eine Zeitlang mit seinem Hacken fort und beachtete den ihm entbotenen Gruß, mochte er herablassend oder sogar einschmeichelnd klingen, nicht im geringsten. Der Fremde wurde dann wohl neugierig und suchte dem Einsiedler ins Antlitz zu schauen; aber dieser, nicht faul, wandte sich mit seiner Hacke in der Hand von ihm ab, bückte sich tiefer über seine Arbeit und umkreiste in mürrischem Schweigen seine Erdäpfelhügel. So, wenn Hackezeit war. Beim Pflanzen wiederum war sein Aussehen und die Art seiner Gebärden so von einem Ausdruck der Bosheit und einer an sich sinnlosen finsteren Heimlichtuerei getränkt, daß man denken mußte, er sei weit eher mit Brunnenvergiften als mit Kartoffellegen beschäftigt. Zu seinen geringeren und harmloseren Wunderlichkeiten gehörte es, daß er sich steif und fest einbildete, die Besucher kämen zu ihm mindestens so sehr aus dem Bedürfnis, den mächtigen Einsiedel Oberlus in seiner königlichen Einsamkeit zu schauen, wie aus dem Wunsch, Kartoffeln zu kaufen oder, auf einer unfruchtbaren Insel eben schlecht und recht Gesellschaft zu suchen. Es klingt unglaublich, daß ein derartiges Geschöpf der Eitelkeit sollte fähig sein und daß ein Menschenfeind wie er mit Dünkel gesegnet war – aber er hegte tatsächlich diese Einbildung und nahm sich infolgedessen den fremden Kapitänen gegenüber oft die ergötzlichsten Geziertheiten heraus. Freilich gehört das in ein und dasselbe Kapitel mit dem bekannten wunderlich-gezierten Wesen mancher Schwerverbrecher, die sich auf ihre sprichwörtliche Verruchtheit noch etwas zugutetun. Zu anderen Zeiten überkam ihn eine nicht minder unerklärliche Laune: er versteckte sich, wenn Fremde kamen, lange Zeit hinter den Schotterwänden seiner Hütte und schlich sich wohl gar wie ein scheues Bärentier durch das dürre Gestrüpp den Berg hinauf, um nur ja kein Menschengesicht sehen zu müssen.

Wenn nicht zufällig ein Besuch von der See da war, sah sich Oberlus oft lange Zeit auf die kriechenden Schildkröten als einzige Gefährten angewiesen, und übrigens, schien er schon ganz auf ihre Ebene oder tiefer herabgesunken, denn ihn verlangte es nach nichts Höherem, es sei denn die Betäubung des Rauschs. An Verkommenheit fehlte es ihm also wahrlich nicht; und doch schlummerte in ihm, der Entdeckung harrend, ein noch tiefer ins Abgründige weisender Hang. Was ihn über die Schildkröten hinaushob, das war im Grunde nur seine Fähigkeit, sich noch mehr zu erniedrigen als sie, und außerdem eine Art bewußt aufs Niedrige strebender freier Wille. Was im folgenden erzählt werden soll, wird vielleicht kundtun, daß selbstsüchtiger Ehrgeiz und Herrschsucht um ihrer selbst willen keine besonderen Eigentümlichkeiten und Schwächen edelgesinnter Geister sind, sondern sich auch bei Wesen finden, die keine Spur von Geist besitzen. Von allen Geschöpfen das selbstsüchtigste und tyrannischte ist das Vieh, wenn es fressen will; wie demjenigen hinläufig klar wird, der Vieh auf der Weide einmal beobachtet hat.

»Dieses Eiland ist mein, von meiner Mutter Sykorax«, sagte Oberlus zu sich selbst und warf einen Blick des Stolzes rundum auf seine karge Einsamkeit. Auf irgendeine Weise, durch Tausch oder Diebstahl, – denn in jenen Tagen berührten immer einmal wieder Schiffe seinen Landeplatz – hatte er sich eine alte Muskete und einige Schuß Pulver und Munition verschafft. Seit er Waffen besaß, fühlte er sich zur Unternehmungslust gestachelt wie ein Tiger, der die Krallen wachsen spürt. Die lange Gewohnheit unumschränkter Herrschaft über alle Dinge ringsum, die fast ununterbrochene Einsamkeit, die Abgeschlossenheit von menschlichem Umgang, der sich ihm nur ganz selten und dann immer in Gestalt menschenfeindlicher Selbstgenügsamkeit oder kaufmännischer List darbot – das alles muß in ihm schließlich ein übermächtiges Bewußtsein von seiner eigenen Bedeutung genährt haben, zusammen mit einem ganz animalischen Mißvergnügen dem gesamten Rest der Schöpfung gegenüber.

Der unglückliche Kreole, der auf der Charles-Insel seinen kurzen Königstraum träumte, war vielleicht doch bis zu einem gewissen Grad von edleren Motiven beseelt, wie sie mitspielen, wenn unternehmende Geister an der Spitze von Kolonisten in ferne Gegenden ziehen und dort eine politische Vorherrschaft über ihre Gefolgsleute beanspruchen. Daß er viele von seinen Peruanern kurzerhand hinrichtete, ist ebenfalls verzeihlich, wenn man bedenkt, daß er es mit wirklichen Desperados zu tun hatte, und die von ihm den Rädelsführern gelieferte Hundeschlacht wird unter den obwaltenden Umständen sogar unsere Billigung finden. Für unseren König Oberlus hingegen und das, was nun demnächst zu berichten ist, läßt sich auch kein Schatten der Entschuldigung ins Treffen führen. Er handelte aus reiner Lust an Gewalttat und Grausamkeit und folgte damit einer in ihm schlummernden Eigenschaft, die ihm wohl von seiner Mutter Sykorax vererbt war. Mit seiner schreckenerregenden

Donnerbüchse bewaffnet, und stark in dem Gedanken, daß er der Herr dieser abscheulichen Insel sei, lechzte er nach einer Gelegenheit, bei der er an dem ersten Vertreter des Menschengeschlechts, der schutzlos in seine Hände fiele, sein Mütchen kühlen könnte.

Die Gelegenheit sollte sich bald ergeben. Eines Tages erspähte er ein am Strande liegendes Boot und neben dem Boot einen einzelnen Mann, einen Neger. In einiger Entfernung vom Ufer lag ein Schiff, und Oberlus erkannte alsbald, wie die Dinge sich verhielten. Das Schiff wollte Holz fassen, und die Bemannung des Boots war ins Dickicht suchen gegangen. Von einem geeigneten Platz aus behielt er das Boot im Auge, und bald schon sah er einen Haufen Männer in aufgelöster Reihenfolge mit Holzlasten erscheinen. Sie warfen ihren Fund am Strand nieder und kehrten ins Unterholz zurück, während der Neger sich anschickte, das Boot zu beladen.

Oberlus sputet sich; er tritt auf den Neger zu, dem beim Anblick eines Lebewesens in solcher Einsamkeit, und noch dazu eines derart abscheulich aussehenden, sofort das Herz in die Hosen fällt, und der sich auch davon nicht besänftigen läßt, daß ihm Oberlus in bärenhaft täppischer Art zu verstehen gibt, er wünsche ihm bei seiner Arbeit zu helfen. Der Neger hat eben mehrere Scheite auf die Schulter geladen und will noch weiteres aufpacken; Oberlus wiederum, mit einem kurzen Strick, den er aus seinem Brustlatz zum Vorschein bringt, macht sich daran, die Scheite hilfreich an ihren Platz zu hieven. Dabei tut er es nicht anders, als daß der Neger vor ihm gehen muß, und dieser, mit Recht argwöhnisch bei solchem Gebahren, dreht und wendet sich vergebens in der Absicht, Oberlus in sein Gesichtsfeld zu bekommen, aber Oberlus dreht und wendet sich ebenfalls, bis er schließlich dieses ergebnislosen Duckmäuserspiels müde wird oder auf den Verdacht kommt, es könnten ihn die übrigen Insassen des Boots überraschen. Kurzum, er rennt ein Stück beiseite hinter einen Busch, holt seine Donnerbüchse hervor und schreit den Neger an, er solle auf der Stelle seine Arbeit einstellen und mit ihm gehen. Der weigert sich. Oberlus weist sein Gewehr vor und legt auf ihn an. Zum Glück versagt das Schießeisen, aber der Neger ist inzwischen schon ganz aus dem Häuschen vor Angst und wirft bei einer zweiten, resoluten Aufforderung seine Holzscheite weg, ergibt sich auf Gnade und Ungnade und läuft mit dem

Sieger. Auf einem ihm wohlvertrauten Geheimpfad entfernt sich Oberlus eilends aus dem Gesichtskreis der Bucht.

Bergan schreitend eröffnet er dem Neger freudestrahlend, hinfort habe er für ihn zu arbeiten und ihm als Sklave anzugehören; seine Behandlung werde sich ganz nach seinem künftigen Verhalten richten. Indessen läßt er sich von der ersten Feigheitsregung des Schwarzen täuschen und verabsäumt in einem unberatenen Augenblick die gebotene Vorsicht. An einer engen Stelle des Wegs ertappt der Neger seinen Führer, wie er nicht genügend auf der Hut ist, und als kräftiger Kerl packt er ihn plötzlich von hinten, wirft ihn zu Boden, entwindet ihm sein Schießgewehr, bindet dem Unhold mit seinem eigenen Strick die Hände, packt ihn sich auf die Schulter und trägt ihn zum Boot hinunter. Die Fremden finden sich ein, und Oberlus wird an Bord des Schiffes gebracht. Wie sich herausstellte, handelt es sich um einen Engländer, und zwar einen Schmuggler – das sind Schiffe, auf denen es in der Regel nicht gerade allzu zimperlich zugeht. Oberlus wird tüchtig ausgepeitscht, in Handschellen gelegt und an Land gebracht, und dort muß er seine Wohnstatt vorzeigen und seine Habe abliefern. Seine Kartoffeln, seine Kürbisse und Schildkröten, und außerdem ein Häuflein Dollars, die er sich bei seinen geschäftlichen Transaktionen gespart hatte, werden alsbald beschlagnahmt. Während aber die Schmuggler in übertriebener Rachsucht auch noch seine Hütte und sein Gärtchen verwüsten, gelingt es Oberlus, in die Berge zu entfliehen, und dort verbirgt er sich in undurchdringlichen, nur ihm bekannten Schlüften, bis das Schiff absegelt, worauf er sich zurückwagt und mit Hilfe einer alten, in einen Baumstamm gebohrten Feile, schließlich auch seine Handschellen losbekommt.

In dumpfem Brüten unter den Trümmern seiner Hütte und in der Steinwüste und dem erloschenen Vulkangebiet der benachteiligten Insel sinnt der beleidigte Menschenfeind fortan auf eine durchschlagende Rache am gesamten Menschengeschlecht, hält aber seine Vorsätze streng verborgen. Immer noch kommen ab und zu Schiffe an seinen Landungsplatz, und mit der Zeit ist es ihm wieder möglich, sie mit Gemüse zu versorgen.

Seines früheren Mißerfolgs beim Entführen von Fremden eingedenk, verfolgt er nun einen von Grund auf anderen Plan. Wenn

Seeleute an Land kommen, spielt er ihnen gegenüber den grund-
biederen Kameraden, lädt sie in seine Hütte ein und legt ihnen mit
aller Gemütlichkeit, deren seine rothaarige Fratze fähig ist, nahe, sie
sollten von seinem Alkohol trinken und es sich gut sein lassen. Bei
seinen Gästen bedarf es keiner großen Nötigung; sowie sie aufhören
ihrer Sinne mächtig zu sein, werden sie an Händen und Füßen ge-
bunden, in die Steinwüste hinausbefördert und dort so lange versteckt, bis das Schiff abfährt, worauf sie, von einem Augenblick zum
ändern gänzlich auf Oberlus angewiesen und von seinem veränder-
ten Wesen, seinen wilden Drohungen und namentlich seiner furcht-
einflößenden Donnerbüchse eingeschüchtert, bereitwillig in seine
Dienste treten und seine demütigen Sklaven werden, Sklaven unter
dem unwahrscheinlichsten aller Tyrannen. Von welcher Art seine
Zwingherrschaft war, ergibt sich daraus, daß ihm schon in den
Eingangsstadien zwei oder drei von den Sklaven umkamen. Die
übrigen – es sind noch vier – läßt er den festgebackenen Boden um-
brechen; sie müssen auf dem Rücken ganze Ladungen lehmiger
Erde herbeischleppen, die man in feuchten Erdritzen in den Bergen
zusammengekratzt hat; dazu hält er sie bei knappster Verpflegung,
zückt bei der geringsten Andeutung von Widersetzlichkeit seine
Waffe und versetzt die Leute in jeder Hinsicht in den Stand von zu
seinen Füßen kriechenden Reptilien – von plebejischen Blindschlei-
chen zu Füßen einer herrschaftlichen Riesenschlange.

Zuguterletzt gelingt es Oberlus, sein Arsenal noch mit vier rosti-
gen Entermessern und einem zusätzlichen Vorrat von Pulver und
Munition für das Schießgewehr zu bestücken. Gutgelaunt verzichtet
er sodann auf die Zwangsarbeit seiner Sklaven im bisherigen Ausmaß und erweist sich als ein Mensch, was sage ich, als ein Teufel
von größer Begabung in der Art, wie er andere durch gutes Zure-
den und sanfte Gewalt dazu bringt, daß sie sich seinen letzten Vors-
ätzen, so ablehnend sie ihnen zunächst gegenüberstanden, willfäh-
rig erweisen. Freilich waren diese Leute von ihrem früheren zuchtlosen Leben her schon für jedes Unrecht hinlänglich vorbereitet. Als
eine Art von vagabundierenden Cowboys der Meere waren sie
längst ihres sittlichen Rückgrats verlustig gegangen und mußten in
jeder ihnen dargebotenen Schablone zur Niedertracht gleichsam
erstarren. Überdies hatte das hoffnungslose Elend auf der Insel an
der Kraft ihrer Menschlichkeit gezehrt; sie waren gewohnt, sich in

allen Dingen ihrem Herrn unterwürfig zu zeigen, der doch selbst der schlimmste aller Sklaven war, und so wurden sie nun völlig zu armseligen Werkzeugen in seiner Hand. Er benutzte sie wie Geschöpfe einer untergeordneten Rasse: er rüstet sie zu wie vier Tiere, vier Kampfhähne für den Zirkus, und macht Mörder aus ihnen; aus den Feiglingen bereitet er sich gedungene Meuchler.

Schwert und Dolch und überhaupt Waffen, wie sie der Mensch benutzt, sind ja im Grunde nur künstliche Klauen und Fangzähne, die man anschnallt wie dem Kampfhahn seine künstlichen Sporen. Tatsächlich, er rüstet sie zu, der Inselzar Oberlus, und, Kriegsruhm zu ernten, gibt er ihnen vier rostige Entermesser in die Hand. Jetzt hatte er eine solenne Kriegsmacht und brauchte hinter keinem Selbstherrscher zurückzustehen.

Man wird vielleicht denken, daß sich hieraus ein Sklavenaufstand müsse entwickelt haben. Waffen in den Händen geknechteter Sklaven? Wie unbedacht vom Kaiser Oberlus! Aber gemach, sie hatten ja nur Entermesser, und zwar jammervolle Dinger, die eher alten Sicheln glichen; er aber besaß sein Schießeisen, das imstande war, blindlings Kieselsteine, spitzen Schotter und anderes Schlackenzeug auszuspeien und die vier Aufrührer wie Tauben auf einen Schuß zu vernichten. Außerdem gebrauchte Oberlus anfangs die Vorsicht, nicht in seiner altvertrauten Hütte zu schlafen. Eine Zeitlang sah man ihn jeden Abend, wenn die Sonne hinter trüben Wolken zur Ruhe ging, seine Schritte in die Gebirgsschluchten lenken, allwo er sich bis zum Morgen in irgendwelchen Schwefellöchern verkroch, wo seine Räuberbande ihn nicht aufspüren konnte. Schließlich wurde ihm dies aber zu lästig, und er fesselte nun allabendlich seine Sklaven an Händen und Füßen, legte die Entermesser in ein Gewahrsam und stieß die Gefesselten in eine Art Kasernenschuppen, sperrte dessen Tür ab und legte sich selbst unter einem eigens angebauten rohgezimmerten Vordach vor der Türe schlafen, die Donnerbüchse in der Hand.

Offenbar befriedigte es ihn auf die Dauer aber doch nicht, sich an der Spitze seiner Kampftruppe in täglichen Paraden in seiner öden Lavawelt zu ergehen. Er sann auf eine richtige saftige Untat, und zwar legte er es darauf an, ein vorüberfahrendes und in seinem Gebiet anlegendes Schiff mit Handstreich zu nehmen, die Mannschaft umzubringen und mit dem Schiff in unbekannte Gegenden zu entweichen. Noch brodelt es in seinem Kopf von solchen Plänen, da legen gleich zwei Schiffe auf einmal an seiner Insel an, und zwar auf der seinem Landungsplatz entgegengesetzten Seite. Seine Absichten erfahren unter diesen Umständen eine plötzliche Wandlung.

Den Schiffen fehlt es an Gemüse, und Oberlus verspricht ihnen reichlich zu liefern, wenn sie ihre Boote nach seinem Landeplatz schicken und das Gemüse von ihren Matrosen in seinem Garten abholen lassen. Er erklärt den beiden Kapitänen bei dieser Gelegenheit, seine Bande – er meint seine Sklaven und Soldaten – seien in letzter Zeit so gottsträflich faul und nichtsnutzig geworden, daß er sie mit gewöhnlichen Mitteln nicht mehr zum Arbeiten bringe; sie aber streng anzupacken, habe er nicht das Herz. Man stimmte der Abmachung zu, und die Boote wurden abgesandt und auf den Strand gezogen. Die Seeleute begaben sich zu der Lavahütte, aber zu ihrer Überraschung war niemand dort. Sie warteten, bis ihre Geduld erschöpft war, und kehrten sodann ans Ufer zurück, und siehe da: ein Fremder – und zwar keineswegs ein guter Samariter – muß kürzlich vorübergezogen sein. Drei von den Booten waren in tausend Stücke zerschlagen, das vierte fehlte. Auf einem mühseligen Marsch durch die Berge und Steinwüsten arbeiteten sich einige von den Matrosen auf die andere Seite der Insel zu ihren Schiffen durch, und man entsandte weitere Boote, um die zurückgebliebenen Mitglieder der unseligen Expedition heimzuholen.

Die beiden Kapitäne waren reichlich verdutzt über das verräterische Benehmen des Oberlus; vor allem aber befürchteten sie noch weitere geheimnisvolle Schrecknisse (wobei sie vielleicht die Schuld an den seltsamen Begebenheiten bis zu einem gewissen Grad auch auf die spukhaften Mächte schoben, die man auf den Inseln beheimatet glaubte) und ersahen sich keinen anderen Ausweg als augenblickliche Flucht. Jedenfalls ließen sie Oberlus und seine Streitmacht ruhig im Besitz des gestohlenen Boots.

Am Abend vor ihrer Abfahrt verschlossen sie einen Brief in einem Fäßchen, auf daß der Stille Ozean von den Vorgängen Kenntnis erhielte, und legten es in der Bucht an eine Boje. Einige Zeit später wurde das Faß von einem fremden Kapitän geöffnet, der zufällig dort ankerte, und zwar nachdem er kurz vorher bereits ein Boot nach Oberlus' Landungsplatz entsandt hatte. Wie sich denken läßt, wartete er in ziemlicher Unruhe auf die Rückkehr seines Boots, und als es endlich kam, wurde ihm ein zweiter Brief überreicht, der die Oberlus'sche Darstellung des Falles enthielt. Dieses köstliche Schriftstück hatte sich, schon halb verschimmelt, an der Schotterwand der moderigen, von Menschen verlassenen Hütte angeheftet gefunden. Es hatte folgenden Inhalt und zeigte das eine, daß Oberlus wenigstens vortrefflich mit der Feder umzugehen wußte und alles andere als ein Einfaltspinsel war, ja, daß er über eine höchst zuverlässige Beredsamkeit verfügte.

»Mein Herr, – ich bin der unglücklichste, vom Schicksal mißhandelte Ehrenmann auf Erden. Als Patriot hat mich die grausame Hand des Tyrannen aus meiner Heimat verbannt.

Auf den Verzauberten Inseln im Exil, habe ich immer und immer wieder fremde Schiffskapitäne ersucht, mir ein Boot zu verkaufen, bin aber stets abgewiesen worden, obwohl ich die schönsten Angebote in mexikanischen Dollars machte. Schließlich bot sich eine Gelegenheit, mir ein Boot zu verschaffen, und ich ließ sie nicht vorübergehen.

In langen Mühen habe ich, in harter Arbeit und stiller Entbehrung, einiges zu ersparen gestrebt, um mir im Alter tugendhaft, wenn auch unglücklich, einiges Behagen gönnen zu können. Man hat mich aber mehrfach beraubt und geschlagen, und haben diese Menschen sogar noch behauptet, sie wären Christen.

Am heutigen Tag verlasse ich die Encantadas und segle in dem guten Boot »Caritas« nach den Fidschi-Inseln.

Oberlus, der Vaterlose.

P. S. Hinter der Schotterwand, in der Nähe des Herdes, findet sich die alte Leghenne. Bitte nicht totschlagen, sondern Geduld üben; brütet gerade. Sollten Hühnchen ausschlüpfen, vermache ich sie hiermit dem unbekannten Finder. Aber nicht nachzählen, bevor sie ausgebrütet sind.«

Die Leghenne war in Wirklichkeit ein ausgemergelter Hahn, der sich aus purer Schwäche in die brütende Haltung begeben hatte.

Oberlus behauptet, er fahre nach den Fidschi-Inseln; das sollte aber nur etwaige Verfolger auf eine falsche Spur bringen. Er ist, nach längerer Zeit, allein in offenem Boot in Guayaquil angekommen. Von seiner Verbrecherbande war auf der Insel Hood nichts mehr zu entdecken; es darf also angenommen werden, daß sie entweder auf der Überfahrt nach Guayaquil aus Wassermangel umgekommen sind, oder, nicht minder wahrscheinlich, daß sie von Oberlus über Bord geworfen wurden, als er merkte, daß das Wasser knapp wurde.

Von Guayaquil begab sich Oberlus nach Payta, und dort stahl er sich mithilfe der rätselhaften Zauberkünste, deren gerade die häßlichsten Lebewesen mitunter fähig sind, einer dunkelhäutigen Schönen ins Herz mit dem Ergebnis, daß er sie dazu vermochte, ihn auf die Verzauberten Inseln zurückzubegleiten. Zweifellos hatte er ihr die Gruppe als ein Blumenparadies geschildert und nicht als einen Schotter-Tartarus.

Zum Unglück für die Besiedelung der Insel Hood mit einer wahrhaft erlesenen Nachzucht von Menschenkindern führte Oberlus' gewöhnliches und abstoßendes Äußere indessen dazu, daß er in Payta als ein in hohem Maß Verdächtiger Zeitgenosse galt. Als man ihn eines Nachts mit Streichhölzern in der Tasche unter dem Rumpf eines kleinen, eben zum Stapellauf zugerüsteten Schiffs versteckt fand, wurde er festgenommen und ins Gefängnis gesteckt. In den meisten südamerikanischen Städten sind die Gefängnisse in der Regel alles andere als gesundheitsbekömmliche Institute. Sie sind aus großen, in der Sonne gebrannten Backsteinbrocken errichtet und enthalten nur einen einzigen Raum, der weder Fenster noch einen Auslauf ins Freie zeigt, nur eine mit schweren Holzstangen verrammelte Gittertür. So sehen diese Gefängnisse nach innen und nach außen gleich abschreckend aus. Als öffentliche Gebäude stehen sie weithin sichtbar auf der heißen, staubigen Plaza, und wer will, kann durch die Gitterstäbe ihre verbrecherischen, von jeder Hoffnung längst verlassenen Insassen sehen, wie sie schauerlich im Schmutz verkommen. Hier war auch Oberlus lange Zeit zu sehen: der Mittelpunkt einer buntgemischten Rotte schwerer Jungen, ein Geschöpf, das zu verabscheuen beinahe schon gottgefällig sein mußte, wenn man bedenkt, daß es doch wohl zum Nutzen der Menschenliebe gereicht einen Menschenfeind zu hassen.

Wer Zweifel hegt, ob es einen Charakter wie den hier geschilderten überhaupt habe geben können, der sei auf den zweiten Band von Porters »Reise nach dem Stillen Ozean« verwiesen, wo er viele Sätze wiedererkennen wird, die wir der Zeitersparnis halber wörtlich von dort übernommen und hier eingefügt haben. Der Hauptunterschied besteht außer in einigen wenigen gelegentlich eingeschalteten Reflexionen darin, daß der Verfasser Porters Tatsachenbericht noch um etliche zusätzlichen Angaben bereichert hat, die ihm im Stillen Ozean von verläßlicher Seite zugekommen sind. Wo die Tatsachen einander widersprachen hat er natürlich seinen Gewährsleuten vor denen Porters den Vorrang gegeben. So lassen zum Beispiel seine Gewährsleute Oberlus auf der Hood-Insel leben während es sich bei Porter um die Charles-Insel handelt. Auch der in der Hütte gefundene Brief lautet etwas anders: als der Verfasser auf den Encantadas weilte, wurde ihm mitgeteilt, aus dem Brief habe nicht nur eine gewisse Schreibgewandtheit gesprochen, sondern er sei voll der seltsamsten satirischen Frechheiten gewesen, was in der bei Porter wiedergegebenen Lesart nicht hinlänglich zum Ausdruck kommt. Ich habe deshalb den Wortlaut entsprechend abgeändert, damit er mehr ins allgemeine Charakterbild des Schreibers paßte.

Zehnte Skizze

Ausreißer, Ausgestoßene, Einzelgänger, Grabsteine

Ein Stoppelfeld von Bäumen steht ringsum.
Daran nicht Blatt noch Früchte jemals schwangen –
An diesen Stümpfen, splitterig und krumm,
Hat nur manch Armesündervolk gehangen.

Von Oberlus' Hütte sind einige Überreste am oberen Ende des
Schottertals wenigstens teilweise bis zum heutigen Tag erhalten.
Auch auf anderen Inseln der Encantadas stößt der Fremde bei seinen Wanderungen immer einmal wieder auf einsame, längst aufge-
gebene Unterkunftsstätten, die jetzt nur noch Schildkröten und
Eidechsen beherbergen. Man kann vielleicht sogar sagen, daß nur
wenige Teile der Erde in neuerer Zeit so vielen Einzelgängern Zuflucht geboten haben. Das hat seinen Grund darin, daß die Inseln in
einem entfernten Teil des Weltmeers liegen und daß es sich bei den
gelegentlich dorthin fahrenden Schiffen in den meisten Fällen um
Walfänger und andere auf öden, langdauernden Fahrten begriffene
Schiffe handelt, auf welchen sowohl die Zucht und Ordnung wie
die Rücksicht auf das einfache Menschenrecht ganz allgemein zu
einem erheblichen Grad vernachlässigt wird. Da will es denn der
Charakter mancher Kommandeure und ebenso mancher Matrosen,
daß sich unter derart ungünstigen Umständen mehr oder weniger
zwangsläufig Szenen voller Widerwärtigkeit und Zwietracht ab-
spielen. Den Seemann ergreift ein verstockter Haß auf die unerbitt-
liche Schiffsdisziplin und er vertauscht sie nur zu gern gegen das
Leben auf Inseln, die zwar ein beständiger Glutwind und Sirokko
buchstäblich versengt, in deren wirr zerklüftetem Inneren er aber
eine Zuflucht findet und vor der Festnahme sicher ist. In einem
noch so kleinen und ländlichen peruanischen oder chilenischen
Hafen vom Schiff zu desertieren, ist immer mit dem erheblichen
Risiko verbunden, daß man wieder erwischt wird, von den Jagu-
aren ganz zu schweigen. Es brauchen nur fünfzig Pesos Belohnung
ausgesetzt zu sein, und schon ziehen fünfzig hinterlistige Spanier
los und suchen mit langen Messern bei Tag und Nacht die Wälder
ab, nichts anderes im Sinn als ihre Beute dingfest zu machen. Auf
den polynesischen Inseln ist man vor Verfolgung im allgemeinen

nicht viel sicherer. Da, wo die Kultur einigen Einfluß gewonnen hat, findet der Ausreißer genau die nämlichen Schwierigkeiten vor wie in den peruanischen Häfen, denn die fortgeschritteneren Eingeborenen sind genau so geldgierig und mit Messer und Spurenlesen erfahren wie die zurückgebliebeneren Spanier. Unter primitiven Polynesiern wiederum vom Schiff zu desertieren, ist meistens eine so gut wie aussichtslose Sache, weil bei den wilden Ureinwohnern, soweit sie überhaupt etwas vom Weißen Mann gehört haben, die sämtlichen Europäer in einem denkbar schlechten Ruf stehen. So werden die Verzauberten Inseln zum freiwilligen Aufenthaltsort für die verschiedensten Flüchtlinge, von denen dann etliche auf tragische Weise erfahren müssen, daß die Flucht aus einer Zwangsherrschaft noch nicht unbedingt sichere Heimstatt, geschweige denn glückliche Bleibe verbürgt.

Im übrigen sind auf den Inseln nicht selten Menschen dadurch zu Einsiedlern geworden, daß ihnen im Zusammenhang mit der Schildkrötenjagd ein Unfall zustieß. Auf den meisten Inseln ist das Innere über alle Beschreibung verwachsen und schwierig zu durchwandern. Die Luft ist dumpfig und drückendheiß; beständig leidet man unter unerträglichem Durst, dem kein fließendes Gewässer Linderung verheißt. Unter der Äquatorsonne fällt man unter solchen Verhältnissen in einigen wenigen Stunden völliger Erschöpfung anheim, und wehe dem Wanderer, der sich auf den Verzauberten Inseln verirrt! Ihre Ausdehnung ist immerhin groß genug, daß sich eine gründliche Nachsuche verbietet, wenn man nicht Wochen darauf verwenden will. Das ungeduldige Schiff wartet vielleicht einen Tag oder zwei; wenn dann der fehlende Mann nicht aufgefunden ist, richtet man am Strand einen Pfahl auf, mit einem Brief des Bedauerns, bindet ein Fäßchen mit Schiffszwieback und ein weiteres mit Wasser daran fest und segelt ab.

Man hat auch Beispiele, daß entmenschte Kapitäne an Seeleuten, die sie in ihrer Reizbarkeit oder ihrem Dünkel unverzeihlich verletzt hatten, eine exemplarische Rache übten. Man setzt die Schuldigen am siedheißen Mengelstrand aus und überläßt sie dem sicheren Untergang, wenn es ihnen nicht in einsamer Fron gelingt, ein paar Tröpfchen kostbarer Feuchtigkeit aufzusammeln, die irgendwo hinter einem Felsen hervorsickern oder in einer Berglache stagnieren.

Ich habe einen Menschen gekannt, der auf der Insel Narborough verlassen saß und bis zum Wahnsinn vom Durst gequält wurde, so daß er schließlich sein Leben nur retten konnte, indem er einem anderen Lebewesen das seine nahm. Eine große Robbe kam auf den Strand gekrochen. Er stürzte sich auf sie, stieß ihr den Dolch in den Hals und warf sich über den noch zuckenden Körper, um an der quellenden Wunde zu saugen. Mit den Zuckungen seines sterbenden Herzens pumpte das Tier Lebenskraft in den Trinkenden.

Ein anderer Seemann war in einem Boot an einer Insel gescheitert, die wegen ihrer ganz besonderen Unfruchtbarkeit und der sie umlagernden Sandbänke nie von einem Schiff angelaufen wurde und von der aus keine andere Insel der Gruppe zu sehen war. Dem Mann war klar, daß es sein sicherer Tod wäre, wenn er auf der Insel bliebe, und daß ihm auch bei einem Fluchtversuch nichts Schlimmeres als der Tod widerfahren könne. Er tötete also zwei Seehunde, blies die Häute auf und fertigte ein Floß an, mit dem er zur Charles-Insel hinübergelangte, wo er sich dem dortigen Gemeinwesen anschloß.

Männer, denen zu solchen Verzweiflungsunternehmungen der nötige Mut fehlt, können sich nur retten, wenn sie alsbald eine Wasserstelle suchen, sie sei noch so unsicher und kümmerlich. Sodann müssen sie eine Hütte bauen, Schildkröten und Vögel fangen und sich in jeder Hinsicht auf ein Einsiedlerleben einrichten, bis Zeit und Flut ein Schiff vorbeiführen, das sie mit sich nimmt.

Auf vielen von den Inseln findet man auf dem Grund von Steilhängen schmale, grobausgehauene Bassins in den Felsen, zum Teil mit verfaultem Abfall und verwesten Pflanzenüberresten angefüllt oder vom Dickicht überwachsen und manchmal noch mit einer Spur Feuchtigkeit. Untersucht man sie näher, so erkennt man an verschiedenen Merkmalen, daß sie von irgend einem armen Verbannten oder einem noch bejammernswerteren Ausreißer mithilfe künstlicher Bearbeitung aus dem Felsen gehöhlt worden sind. Man legte diese Bottiche immer an Stellen an, wo man vermuten durfte, daß aus den darüberliegenden Felsspalten ein paar kärgliche Tropfen Tau und Nässe in sie hineinsickern würden.

Die Überreste von einsamen Wohnstätten und Steinbassins sind nicht die einzigen Zeichen, daß auf den Inseln Menschen gelebt haben. Seltsamerweise bietet auf den Verzauberten Inseln die Stätte, die in geordneten Gemeinwesen am belebtesten ist, den allertraurigsten Anblick. Es mag nach dem Gesagten sonderbar klingen, wenn man in einer so gottverlassenen Gegend von einem Postamt spricht, aber man wird gleichwohl gelegentlich so etwas wie ein Postamt dort finden. Es besteht aus einem Pfahl und einer Flasche, denn hierzulande werden Briefe nicht nur gesiegelt, sondern auch verkorkt. Aufgegeben sind sie meistens von Kapitänen der Nantucket-Fischer; sie sollen für vorüberfahrende Fischer eine Hilfe sein und beugen Mitteilungen über die Ergiebigkeit der dort vorgenommenen Wal- und Schildkrötenfänge. Häufig vergehen aber lange Monate, ja auch wohl Jahre, ohne daß ein Abholer erscheint. Der Pfahl verfault und stürzt und bietet keinen sehr erheiternden Anblick mehr. Wenn wir nun noch hinzufügen, daß sich auf einigen Inseln auch Grabsteine oder vielmehr Grabtafeln befinden, dann wird das Bild abgerundet sein.

Am Strande der James-Insel war viele Jahre lang ein grober Wegweiser zu sehen, der ins Landinnere zeigte. Der Fremdling mochte auf den Gedanken kommen, daß hier vielleicht inmitten völliger Unwirtlichkeit das Zeichen einer gastlichen Stätte gesetzt sei, etwa eines freundlichen Einsiedlers, der irgendwo von hölzernen Schüsseln speiste – und so folgte er dem angezeigten Pfad, bis er auf eine lautlos-einsame Stelle traf, wo ihn kein anderer als ein Toter willkommen hieß und als einzige Begrüßung die Inschrift über einem Grab. Hier fiel anno 1813 bei einem im Morgengrauen ausgetragenen Duell ein Leutnant von der U.S.-Fregatte »Essex«, einundzwanzig Jahre alt. Er erreichte seine Volljährigkeit im Tode.

Es ist nur recht und billig, daß wie in den alten Mönchsklöstern in Europa, wo die Bewohner ihre vier Wände nicht verlassen, um sich einsargen zu lassen, sondern an Ort und Stelle begraben werden, daß ebenso auch die Encantadas ihre Toten selber bestatten, wie es unser aller großes Kloster, die Erde, nicht anders macht.

Das Begräbnis zur See ist bekanntlich ein reiner Notbehelf des Seemannslebens und findet nur statt, wenn das Land weit achtern liegt und auch vom Bug aus nicht mehr zu erkennen. Für Schiffe, die in der Nähe der Verzauberten Inseln kreuzen, bildet die Gruppe infolgedessen das passendste Friedhofsgelände. Nach geschehener

Beerdigung greift irgend ein wackerer Poet und Kunstmaler aus dem Mannschaftsraum zum Pinsel und malt eine Grabschrift in Knittelversen dazu. Kommen dann nach langer Zeit andere wackere Seeleute zufällig an den Ort, so verwenden sie den Grabhügel als Tisch und leeren eine freundschaftliche Kanne auf die ewige Ruhe der armen Seele.

Als Exempel für diese Art von Grabschriften möge die folgende gelten, die sich in einem wüsten Tobel auf der Insel Chatham findet:

> Mein guter Seemannsbruder Hans,
> So wie du hier stehst, war ich ganz,
> Ganz so fröhlich, ganz so stramm
> Bis der große Zahltag kam.
> Auch ich ein junger Bursch, ein flotter,
> Und lieg jetzt einsam unterm Schotter.

Über tredition

Eigenes Buch veröffentlichen

tredition wurde 2006 in Hamburg gegründet und hat seither mehrere tausend Buchtitel veröffentlicht. Autoren veröffentlichen in wenigen leichten Schritten gedruckte Bücher, e-Books und audio-Books. tredition hat das Ziel, die beste und fairste Veröffentlichungsmöglichkeit für Autoren zu bieten.

tredition wurde mit der Erkenntnis gegründet, dass nur etwa jedes 200. bei Verlagen eingereichte Manuskript veröffentlicht wird. Dabei hat jedes Buch seinen Markt, also seine Leser. tredition sorgt dafür, dass für jedes Buch die Leserschaft auch erreicht wird.

Im einzigartigen Literatur-Netzwerk von tredition bieten zahlreiche Literatur-Partner (das sind Lektoren, Übersetzer, Hörbuchsprecher und Illustratoren) ihre Dienstleistung an, um Manuskripte zu verbessern oder die Vielfalt zu erhöhen. Autoren vereinbaren direkt mit den Literatur-Partnern die Konditionen ihrer Zusammenarbeit und partizipieren gemeinsam am Erfolg des Buches.

Das gesamte Verlagsprogramm von tredition ist bei allen stationären Buchhandlungen und Online-Buchhändlern wie z. B. Amazon erhältlich. e-Books stehen bei den führenden Online-Portalen (z. B. iBookstore von Apple oder Kindle von Amazon) zum Verkauf.

Einfach leicht ein Buch veröffentlichen: **www.tredition.de**

Eigene Buchreihe oder eigenen Verlag gründen

Seit 2009 bietet tredition sein Verlagskonzept auch als sogenanntes "White-Label" an. Das bedeutet, dass andere Unternehmen, Institutionen und Personen risikofrei und unkompliziert selbst zum Herausgeber von Büchern und Buchreihen unter eigener Marke werden können. tredition übernimmt dabei das komplette Herstellungs- und Distributionsrisiko.

Zahlreiche Zeitschriften-, Zeitungs- und Buchverlage, Universitäten, Forschungseinrichtungen u.v.m. nutzen diese Dienstleistung von tredition, um unter eigener Marke ohne Risiko Bücher zu verlegen.

Alle Informationen im Internet: **www.tredition.de/fuer-verlage**

tredition wurde mit mehreren Innovationspreisen ausgezeichnet, u. a. mit dem Webfuture Award und dem Innovationspreis der Buch Digitale.

tredition ist Mitglied im Börsenverein des Deutschen Buchhandels.

Dieses Werk elektronisch lesen

Dieses Werk ist Teil der Gutenberg-DE Edition DVD. Diese enthält das komplette Archiv des Projekt Gutenberg-DE. Die DVD ist im Internet erhältlich auf **http://gutenbergshop.abc.de**

Zeitfracht Medien GmbH
Ferdinand-Jühlke-Straße 7
99095 Erfurt, Deutschland
produktsicherheit@kolibri360.de